FIND YOUR
HAPPINESS

왜 당신의 행복을
남에게서 찾는가

이근오 지음

BY
YOURSELF

왜 당신의 행복을
남에게서 찾는가

이근오 지음

프롤로그

처음으로 이렇게 인사드립니다. 인스타그램에서 '오늘의 언어'라는 채널로 글을 쓰고 있는 이근오라고 합니다. 삶이 참 팍팍하고 힘들어, 제 스스로가 조금이나마 위로 받을 수 있는 시간과 공간이 있었으면 좋겠다는 생각을 간절히 했습니다. 그리고 그렇게 SNS 계정을 만들고 글을 썼습니다. 그런데 그렇게 제 스스로가 위로 받고 치유 받기 위해 쓴 글에, 참 감사하게도 많은 분이 좋아해주셨습니다. 극단적인 선택을 고민하던 찰나, 제 글을 보고 다시금 마음을 다잡았다는 분도 계셨고, 사랑하는 사람과 이별을 하고 힘들어할 때, 제 글을 보고 친한 친구들에게도 받지 못한 깊은 위로를 받았다는 분도 계셨습니다. 제가 뭐라고 말이죠. 그리고 저는 제가 작가가 된다는 생각조차 하지 못했습니다. 글을 잘 쓰는 것도 아니고, 남들처럼 화려한 스펙이 있는 것도 아니니까요. 그런데 문득 그런 생각이 들더군요. 저도 돌이켜보면 참 힘들 때, 이름 모를 누군가의 따스한 글로 큰 힘을 받았었던 기억이 납니다. 화려한 문체도 아니었지만, 그 짧은 문장이 저에게 누구보다 큰 위로를 줬거든요. 그 사람의 이름도, 그 사람의 출신도 모릅니다. 아니, 알 필요도 없죠. 누군가를 위해 썼는지도 중요치 않습니다. 스스로를 위해 쓴 글이, 지구 반대편에 있는 사람에게 마음으로 닿기도 하니까요. 저는 이 책이 그랬으면 좋겠습니다. 저는 베스트셀러 작가도 아니고, 유명한 사람도 아닙니다. 그러나 스스로를 위로하려 썼던 글들이, 철저히 이기적으로 썼던 글들이, 많은 사람에게 위로와 감동을 주는 걸 보며, 형언할 수 없는 뜨거운 무언가가 가슴 속에서 올라오더군요. 더 많은 사람이 제 글로 행복했으면 좋겠다라는 따스한 마음이 생겼습니다. 오늘 하루, 많이 힘들고 지치시죠? 이 책에 있는 글들이, 여러분의 인생을 놀랍게 변화시켜줄 거라는 보장은 드릴 수 없습니다. 그러고 싶지도 않고요. 다만, 제 글이 정말 지치고 힘들 때 잠깐 앉아 쉬어 갈 수 있는 그늘의 역할만 하더라도, 저는 참 행복할 거 같습니다. 부디 제 글이 팍팍한 세상에서, 평범하면서도 올바른 마음가짐을 가질 수 있게 도와주는 따뜻한 글이 되어, 막막한 관계에서 매일 행복한 일만 가득할 수 있도록, 스스로를 지킬 수 있도록 도와주는 페이스메이커의 역할을 할 수 있었으면 좋겠습니다. 감사합니다.

이근오

CONTENTS

2장

성장하면 더 빛나니까

3장

나도 행복해집시다

1장

내 인간관계 점검하기

어찌할 수 없는 것이 인간관계다

　아무리 죽이 잘 맞는 사람이라 해도 상황과 방향이 다르면 각자의 길을 가는 게 인간관계입니다. 오랜 시간을 함께했고, 서로가 서로를 진심으로 대했더라도, 남이 되는 경우는 흔히 볼 수 있는 일이죠. 진정한 인맥은 핸드폰에 저장된 사람의 수가 아니라, 자신을 진심으로 응원해 주는 사람의 수라고 합니다. 그렇다고 청기 백기 네 편 내 편 나누거나, 꼭 나쁜 추억을 만들면서까지 나쁘게 멀어질 필요는 없습니다. 좋지 못한 기억을 일일이 따지고, 잘잘못을 혼자 곱씹다 보면 아픔을 끌어안는 건 본인의 몫일 테니 말이죠. 그러니 어찌할 수 없는 것들은 놓을 줄도 알아야 합니다. 그렇지 못한 덕에 괜한 잡음이 생기는 것입니다. 예를 들어, 중요한 미팅 날에 최선을 다해 준비했는데 차가 막혀 늦는다거나, 좋은 사람을 소개받아 잘 보이고 싶은 마음에 힘껏 꾸몄는데 뾰루지가 났다거나하는 상황들 말이죠. 내가 원하던 오늘은 이런 게 아닌데 잘못된 것들로 인해 우울하다면, 그건 안될 걸 알면서도 마음을 남겨두는 것입니다. 슬픔을 감내할 시간에 행복한 것들을 누리기에도 인생은 너무나도 짧습니다. 당장 어떻게 할 수 없는 무거운 짐들은 잠시 내려놓고 인생을 즐길 필요도 있을 테니까요. 이왕이면, 부족해도 항상 나를 바라봐 주는 '해바라기' 같은 사람들과 말이죠. 그렇다면 좋았던 기억들만 간직할 수 있겠습니다. 어찌할 수 없는 게 인간관계라고 하니 좋았다면 추억, 나빴다면 경험이라고 생각하며 자신만의 세상을 만들어 가면 되는 것입니다. 좋았던 기억이 슬펐던 기억보다 더 선명하게, 그리고 힘들었던 날들이 행복한 날로 기억되게 말이죠. 이것이 어찌할 수 없는 것들을 어여쁘게 바라보는 시선이자, 나의 세상을 따뜻하게 만드는 법입니다.

• *Today's Quote*

관계를 잘 이어가려는 것과,
관계를 놓고 싶지 않아 하는 것은 다릅니다.
관계란, 원한다고 잡아 둘 수 있는 것이 아니기 때문이죠.

왜 당신의 행복을 남에게서 찾는가

인연을 함부로 맺지 말라

우연이든 인연이든 중요한 건, 필연과 악연을 구분해서 관계를 맺어야 한다는 것입니다. 필연은 나의 약점을 편하게 보여줄 수 있는 사람, 맛있는 것을 먹고 좋은 곳에 가면 가장 먼저 생각나는 사람, 당장은 미워도 평생 보지 못하게 된다면 마음이 찢어질 거 같은 사람, 언제든 믿고 마음을 털어놓을 수 있는 사람입니다. 이런 사람이라 생각이 된다면 모든 걸 내주지는 않더라도 최대한 좋은 인연을 만들기 위해 관심과 사랑을 쏟아야 합니다. 반대로 악연은 내가 연락이 없어도 나를 궁금해하지 않는 사람, 나의 솔직한 마음을 약점으로 만드는 사람, 함께 어떤 값진 경험을 한다 해도 정이 가지 않는 사람입니다. 이런 사람은 꼭 악연이 아니더라도 스쳐 가는 인연이기에 냉정하고 단호해 보일지라도 적정한 선을 그을 줄도 알아야 합니다. 그저 좋은 게 좋은 거라 생각하며 필연과 악연을 구분하지 않고 사람을 만나다 보면, 스쳐 가는 인연에 불필요한 감정을 소비하게 되고, 원래 나에게 닿아야 할 인연은 놓치게 됩니다. 끼리끼리 유유상종이라는 말이 있습니다. 같은 무리끼리 서로 사귄다는 의미죠. 어중간한 마음을 품으면 어중간한 사람들만 내 주변에 남게 됩니다. 나를 진실하게 대하는 사람과 시간을 보내고 싶다면, 나도 진실하게 사람을 대하세요. 그렇다고 너무 마음을 쓰고 특별하게 생각해서는 안 됩니다. 사람은 불과 같아서 너무 가까우면 뜨겁고 너무 멀면 차가워지기 때문에 서로에게 적정한 온도가 필요하며, 각자만의 특별한 관계와 거리가 있음을 인정할 줄도 알아야 합니다. 만일 이것을 시들하게 여기고 여린 마음에 누군가를 굳게 믿는다면, 그 끝은 둘 중 하나일 겁니다. 여태까지 만나지 못한 운명의 상대를 만나거나, 한 번도 겪어보지 못한 쓰린 경험을 하게 되거나.

• *Today's Quote*

악연을 지나치게 낭만화하지 말 것.
필연을 지나치게 망설이지 말 것.

왜 당신의 행복을 남에게서 찾는가

잊힐 때 연락해 오는 사람

잊힐 때 연락해 오는 사람을 더 기억해 주세요. 내가 하는 일이 잘되고 어디를 가든 치켜세워질 때 연락이 오는 사람보다는 내가 잊힐 때 변함없이 연락이 오는 사람을 따뜻하게 맞이해주어야 합니다. 잊힐 때란, 어렵고 힘들 때라고 하기보다는 고시원에 들어가 몇 년째 공부할 때, 군대에 갔을 때, 타지역에 취직해 바쁘게 살 때, 병에 걸려 사람들과 소통이 단절되었을 때처럼 점점 시간에 의해 잊히는 때입니다. 경조사와 같은 중요한 것들에 의해 연락이 오는 사람이 아닌, 단순히 당신이 궁금해서 연락하는 사람은 평생의 동반자라고 봐도 되겠습니다. 내가 잘났을 때는 나에게 연락해 올 사람은 많지만, 그 잘남이 없어지면 연락 한 통 안 올 사람도 많습니다. 사람은 원래 이기적인 성향이 있습니다. 그런 이기심을 무기로 사용하는 이들 때문에 목적 없이 배려를 베푼 사람들이 상처를 받고, 친근한 마음에 호의를 베푼 사람들이 배신감을 느끼는 겁니다. 이기심을 무기로 사용하는 이들과

연을 만들어가고 싶지 않다면 잊힐 때 연락이 오는 사람을 꼭 붙잡으세요. 친구도 가짜와 진짜를 잘 구분해서 만나야 합니다. 가짜는 남의 말을 믿고 진짜는 나의 말을 믿습니다. 타인의 말을 믿는 사람은 상황에 따라 그 말을 믿을 사람들이고, 나를 믿는 사람들은 내가 부족한 부분이 있어도 그 빈공간을 채우며 함께 나아갈 사람들입니다. 소문보다 자신의 사람을 먼저 믿는 사람은 대가 없이도 남을 위해 움직여본 적이 있는 사람일 가능성이 큽니다. 그들은 먼저 답을 정하고 말하기보다는 내 의견을 먼저 물어봐 줄 것이고, 나의 배려에 두루뭉술한 말이 아닌 확실한 감사의 말을 전할 겁니다. 또한 자신에게 실수했을 때 진심으로 사과한다면 당장의 기분을 내색하기보다는 괜찮다며 용서할 줄 아는 사람들입니다. 대가에 의해 움직이는 사람보다는 대가 없이 마음을 움직이는 사람과 함께 하세요. 잊힐 때 대가 없이 연락이 오는 사람을 바쁘다는 말, 힘들다는 말로 놓치지 않길 바랍니다. 살면서 수많은 사람을 만나지만, 오래 갈 사람은 그리 많지 않을 거예요. 일생에 몇 번 없을 순간을 놓치지 않을 수 있어야 비로소 나의 사람도 얻을 수 있는 법이니, 그들과의 인연을 항상 소중하게 생각하길 바랍니다.

왜 당신의 행복을 남에게서 찾는가

꼭 놓아야 하는 관계만 있는 게 아니다

시작이 있으면 끝이 있듯, 만남이 있으면 이별도 있겠지요. 그렇다고 섣불리 끝을 논하면 안 됩니다. 손뼉도 서로 맞아야 소리가 난다지만, 늘 같은 소리를 낼 수는 없으니까요. 사랑으로 비유하면 농도는 같을지라도 밀도가 다를 수가 있습니다. 예를 들어 내가 준 것만큼 못 받았다는 생각이 들 때가 그렇습니다. 나는 전부를 준 거 같은데 상대방은 반밖에 안 준 거 같이 느껴질 때 말이죠. 당사자는 이때 사랑을 의심하게 됩니다. 하지만 한 가지 알아야 할 건 그 사람에게는 그 반도 최선일 수도 있다는 것입니다. 가난하게 자라 돈이 부족할 수도 있고요. 일을 하느라 시간을 더 내어주지 못할 수도 있습니다. "이런 것도 못 해줘?"라고 생각할 수도 있겠지만 상대방에게는 그것조차 큰 마음 먹고 해준 것일 수도 있다는 거죠. 항상 모든 게 정해진 것처럼 맞아떨어질 수는 없습니다. 팍팍한 세상을 살아간다고 마음마저 굳어지지 않아야 합니다. 꼭 이유를 듣고 사과를 받아내야만 마음이 풀린다면,

가끔은 낙천적이고 계산적이지 않은 사고를 할 줄도 알아야 합니다. 만약 소중한 사람이 "더 잘해주고 싶은데 못 해줘서 미안해."라며 마음을 건넨다면 한 번쯤은 모른 척 넘어가 주세요. 가진 게 많은 사람에게는 별일 아닐지 몰라도, 가진 게 없는 사람에게는 큰 용기와 진심이 필요할 테니까요. 누구는 단점만 보고 이별을 고하지만, 누구는 단점을 봐도 그것이 장점이라고 말합니다. 중요한 건 그러한 단점을 장점으로 바라봐 줄 수 있는 마음과 자신의 단점 또한 상대방이 이해해 주고 있다는 사실을 인지하고, 감사한 마음을 전달하는 것입니다. 꼭 농도와 밀도가 같지 않다고 해서 놓아야 하는 건 아닙니다. 헤아리고 함께 맞춰 가는 것. 어쩌면 이게 가장 진한 사랑일 수도 있으니까요.

• *Today's Quote*

사귄다고 해서 상대방이
내 것이 되는 것이 아닙니다.
잠깐, 마음을 나에게 맡겼다고 생각하세요.
다시 놓치기 싫으면 더 많이 아껴주어야 합니다.

주워 담을 수 없으니

아무리 비싼 옷이라도 해지거나 구멍이 나면 버려야 하고요, 아무리 먹음직스러워 보이는 음식이라도 상하면 버려야 합니다. 관계도 이와 같습니다. 처음에 얼마나 애틋했든, 얼마나 간절하게 사랑했든, 시간이 흘러 서로의 마음이 맞지 않거나 상대방의 마음이 떠나 더 이상 하나가 아니게 되었을 때는 그 관계를 놓아야 합니다. 그렇다고 함께한 세월을 가볍게 생각하라는 말은 아닙니다. 놓아야 하는 순간이 오지 않도록 방치하지 말자는 것이죠. 애인, 친구, 가족 모든 관계가 이에 속합니다. 순간의 욱하는 성질은 일을 그르치고 이별을 만들며, 되돌릴 수 없는 후회를 만듭니다. 아쉽게도 이미 뱉은 말은 주워 담을 수 없으니, 사과하든 끝을 내든 책임져야 합니다. 말하기 쉬운 세상에 살고 있다고 해도 여기저기 흔적을 남기고 다니지는 말아야겠죠. 사랑하는 이를 놓아야 하는 후회의 순간을 마주하지 않기 위해서는 후회 없는 예쁜 말들이 오가게 하면 좋겠습니다. "미소가 예쁘다", "다정하다", "성격이 좋다", "귀엽다", "멋있다"와 같은 소박한 마음을 담은 애정을 전한다면 더할 나위 없을 겁니다. 사람들은 이걸 '칭찬'이라고 말하지만, 저는 '관심'이라고 말합니다. 관심이 아니고서야 할 수 없는 말. 의외로 하루의 힘은 소박한 것들에서 나오기에, 당신의 하루도 이와 같은 관심의 말들로 채워지길 바랍니다. 아끼면 아낄수록 예쁜 단어를 골라 사랑하는 이에게 전해주세요. 예쁜 말을 할 줄 아는 사람은 입담이 좋은 사람이라기보다는 상대방의 감정에 공감할 수 있는 다정함을 품고 있는 사람입니다. 이러한 다정함은 하루가 얼마나 힘들었는지 잊게 할 만큼 안정감을 느끼게 해주고, 포기하고 싶은 순간에도 나를 더 나은 사람으로 만들어줍니다. 그렇게 다정한 대화를 할 수 있는 사람과 함께한다면, 분명 후회할 날보다는 행복한 날들이 가득할 거예요.

• *Today's Quote*

"말을 예쁘게 꾸민다고 예쁜 말이 되는 것이 아닙니다.
똥을 예쁘게 꾸민다고 예뻐지는 게 아니듯."

왜 당신의 행복을 남에게서 찾는가

최악의 성격 유형

　인간관계에서 특히 조심해야 할 부류가 있습니다. 이들은 자신에게는 마치 MBTI의 F 유형처럼 감수성이 풍부하고, 남에게는 T 유형처럼 객관적인 태도를 취하는 사람들입니다. 이들이 위험한 이유는 자신을 과하게 관대하게 바라보고, 타인은 냉정하고 객관적으로 평가하는 경향이 있기 때문입니다. 아이러니하게도 이들은 본인이 예의를 크게 차리지도 않았으면서 베푼 것만큼 대우를 받지 못한다는 생각이 들면 서운함을 표출하는 것에 거리낌이 없습니다. 따지고 보면 베풂의 정도가 별로 차이가 나지도 않으면서 말이죠. 그 이유는 자신을 너무 착한 사람, 혹은 좋은 사람으로 해석하는 경향이 크기 때문입니다. 그래서 자신의 실수나 잘못된 과거를 얘기하면 "내가 그런 적이 있었냐?"라며 자신이 한 일을 기억하지 못하거나, "그런 의도가 아니었다"며 좋게 포장하려 반박합니다. 또한 자신의 것을 최우선으로 여기고, 관계에서 우위를 점하려 들며, 타인을 계산적으로 대하죠. 여기서 사람을 계산적으로 대하지 않더라도, 비슷한 행동을 하는 무딘 사람은 영문도 모른 채 상대방에게 멀어짐을 당하기 일쑤입니다. 사람들이 이런 사람들과 인연을 끊기로 마음먹게 되는 가장 큰 이유는 '솔직함'이라는 말로 상대에게 가시를 꽂기 때문입니다. 상대방이 공감을 바라고 말했음을 알면서도 귀찮으니 "사실이잖아"라는 말로 교묘하게 비꼬아 말하는 것입니다. 정작 자신이 힘든 일이 있을 때나, 괴로울 때는 크나큰 공감을 상대방에게 요구하고, 그에 상응하는 행동을 취하지 않으면 서운함을 표출하면서 말이죠. 만일 주변에 종종 손절을 당하거나, 별일 아닌 상황에서 이상하게 말다툼이 발생하는 사람이 있다면 주의해서 보아야 합니다. 모든 것에는 다 원인이 있듯이, 손절과 다툼에도 이유가 있는 법입니다. 한두 번은 우연으로 볼 수 있지만, 지속되면 그건 문제가 있는 겁니다. 이런 사람들과는 되도록 얽히지 않도록 주의하세요. 나의 인생을 가장 괴롭히는 사람 중 한 명일 겁니다.

왜 당신의 행복을 남에게서 찾는가

• *Today's Quote*

성격 좋은 사람들이 쓰는 대화 습관

1) 상대방의 말을 끊지 않는다.

2) 마음대로 판단하고 비난하지 않는다.

3) 말을 과하게 과장하지 않는다.

4) 가스라이팅보다는 의견을 묻는다.

5) 비밀은 무덤까지 가져간다.

6) 이해가 필요한 부분은 화를 내기보다는 설명을 요청한다.

7) 과한 칭찬을 하지 않는다.

8) 칭찬받을 일은 아끼지 않고 칭찬해준다.

만나지 말아야 할 사람은

 "내가 그렇게 별로인가?"라는 생각이 들게 하는 사람, 상황을 합리화하게 만드는 사람, 의심이 현실이 되게 하는 사람, 편함을 긴장감으로 만드는 사람, 기다림이 지침이 되게 하는 사람, 나를 궁금해하지 않는 사람입니다. 좋은 사람을 만나는 것보다 중요한 건, 나를 무너뜨리는 사람을 곁에 두지 않는 것입니다. 관심이 생기면 말투에서 티가 나고, 좋아하면 눈빛에서 티가 나며, 사랑하면 행동에서 티가 납니다. 이처럼 상대방이 아무리 마음을 숨기려고 해도, 나를 좋게 생각한다면 조금이라도 그 마음이 드러나기 마련입니다. 그런데 사랑에 티가 난다면 반대로 무관심도 티가 납니다. 바쁘다고 생각하며 "이 정도는 이해해 주겠지."라고 넘어간다면, 상대는 그걸 무관심으로 느낄 수 있습니다. 대부분 이런 작은 것에 서운함을 느껴도 괜히 자신이 속 좁은 사람처럼 보일까 봐 말하지 못하고 혼자 속앓이하는 연인들이 많습니다. 혼자 끙끙 앓다가 결국 눈물을 흘리게 되죠. 만약 사랑하는 사람이 "나를 좋아하

왜 당신의 행복을 남에게서 찾는가

지 않는 것 같아"라고 투정을 부린다면, 그때는 진심으로 "이런 감정을 느끼게 해서 미안하다.", "내가 소홀했다.", "앞으로 더 시간을 내볼게."와 같은 배려의 말을 건네야 합니다. 상대가 느끼지 못했다면 그건 서툴러서가 아니라 처음처럼 사랑의 표현이 깊지 않았기 때문일지도 모릅니다. 갑작스럽게 찾아온 인연이니, 갑작스럽게 떠난다고 투정하지 않도록 더욱 보듬어 주고 아껴 주세요. 만나지 말아야 할 이유는 많아야 성립이 되지만, 만나야 할 이유는 사랑 하나로도 충분합니다. 그러니 상대방이 느끼는 감정의 변화를 가볍게 넘기지 말고, 그 속에 담긴 진심을 헤아리며, 다시금 행복의 표현을 되찾는 사랑을 하시길 바랄게요.

• *Today's Quote*

내가 정말 좋은 사람을 만났다고 생각이 들 때는
외모나, 능력이 뛰어난 사람을 만났을 때가 아니라,
같이 있으면 둘 다 나사 한 두개가
빠진 사람이 되는 상대를 만났을 때다.
즐겁고 행복해서 같이 바보가 되는 그런 사람.

답장이 느리면 관심이 없다는 것

연애의 기본은 신뢰와 믿음입니다. 이를 쌓는 바탕은 진심이 담긴 행동에서 비롯되죠. 여기서 말하는 행동이란, 예쁜 꽃이나 화려한 이벤트 같은 거창한 것이 아닙니다. "밥은 먹었어?", "지금 뭐 하고 있어?"와 같은 작은 관심의 연락을 의미합니다. 단순한 보고가 아니라, '이 순간에도 당신이 생각났다'는 마음을 표현하는 거예요. 만약 이런 사소한 애정 표현이 없다면 연락을 받지 못한 사람은 "내가 뭘 잘못했나?", "나만 진심이었나?" 같은 부정적인 생각을 하게 됩니다. 특히 썸이나 연애 초기엔 이런 연락이 없으면 하루가 온통 우울해질 수도 있어요. 아무리 바빠도 짧은 답장이나 다정한 전화 한 통은 꼭 해주세요. 만약 이런 사소한 연락조차 하지 않는 사람이라면 애써 관계를 유지할 필요는 없습니다. 당신이 아무리 마음을 전해도 상대는 이를 집착으로 느낄 수 있고, 시간이 지날수록 당신만 더 힘들어질 테니까요. 또 평소에 연락을 잘 하지 않던 사람이거나 이별 후 시간이 흘러 연락이 온 사람이라면

왜 당신의 행복을 남에게서 찾는가

그 연락을 성심껏 받아줄 필요도 없습니다. 그 연락은 당신이 그리워서가 아니라, 필요해서일 가능성이 크기 때문입니다. 나를 진정으로 아끼고 사랑하는 사람은 가만히 있어도 연락을 해 옵니다. "잠은 잘 잤는지", "오늘 기분은 어떤지", "아픈 곳은 없는지" 등 모든 것이 궁금해지는 것이 사랑이니까요. 작은 연락조차 하지 않는 사람보다 진심으로 다가오는 사람에게 따뜻한 말과 눈길을 주세요. 누군가에게 시간을 내준다는 건 그에게 소중한 순간을 선물한 것과 같습니다. 진정으로 아름다운 사랑을 원한다면, 나에게 진심으로 관심을 보이는 사람에게 사랑을 건네는 법을 배우세요. 그 관계는 누구보다도 행복한 관계가 될 겁니다.

• *Today's Quote*

누군가가 이른 아침과, 매 끼니와 잠자기 전
연락을 한다면 마음을 다해 잘해주세요.
그건 하루를 놓치지 않고
당신을 생각하고 있다는 겁니다.
이런 게 사랑이지, 뭐가 사랑인가요.

나에게 소중한 사람인지 알려면

상대방이 나에게 소중한 존재인지 알고 싶다면 잠시 떨어져 지내 보세요. 떨어져 있는 동안 그 사람이 그립고 자꾸 생각나거나, 뭔가 일이 잘 풀리지 않는다면 그 사람은 당신에게 정말 소중한 존재입니다. 반대로 생각이 나지 않고, 마음이 어느 때보다 편하다면 그 사람은 당신의 인생에서 지나가는 등장인물 정도일 가능성이 큽니다. 자꾸 생각날 수밖에 없는 사람은 평소에 당신의 기분을 살피며 행동하거나, 때로는 희생하는 애틋한 사랑을 보여 준 사람이었을 거예요. 생각나지 않는 사람은 딱 붙어서 좋은 것들만 빼먹고 쓸모가 다하면 도망가는 일을 반복하는 사람이었을 테고요. 그러니까 떨어져 지내도 홀가분해 생각이 나지 않는 겁니다. 가까이서 봐야 소중함을 알 것 같지만, 인간은 망각의 동물이기 때문에 어느 정도 떨어져도 보고 싸워도 봐야 더 깊이 깨닫습니다. 장미꽃도 보면 봉우리가 솟았다고 예쁘게 피었다고 말하지 않습니다. 가만히 놔두고 멀리서 바라보다가 활짝 꽃이 피었을 때 그제야 이렇게 예쁜 장미였다는 것을 알게 되는 것이죠. 처음에는 뾰족한 가시만 보여 주길래 쓸모없는 꽃인 줄 알았는데, 꽃이 피고 보니 그제야 진가를 알아보는 것입니다. 꼭 처음부터 쓴소리한다고 나쁜 사람이 아니고요. 계속 좋은 말만 한다고 좋은 사람이 아닙니다. 상대방이 나에게 어떤 존재인지 구분이 안 된다면 어느 정도 시간이 지나고 나서 떨어져 지내 보세요. 그 사람이 없으니 자기관리가 안 된다거나, 없으니 더 많은 미소를 띠며 살고 있다거나, 제각각 다를 겁니다. 깨닫고 나서 천천히 관계를 정리해도 늦지 않습니다. 무작정 당장 나를 힘들게 한다고 내치면 주변에 남을 사람 하나 없을 거예요. 서로 진심으로 대하고 상대에게 매몰되지 않고 어울리다 보면, 어느 순간 당신과 어울리는 사람들이 구분될 겁니다. 그때 꽤 괜찮은 사람들만 남게 될 거니, 그들과 낭만을 외치며 행복하게 살아가세요. 순간의 감정에 마음을 주고, 마음을 떠나는 실수를 하지 말라는 말입니다.

• *Today's Quote*

보통, 좋은 사람 한 명만 있어도
대부분의 힘듦을 견뎌낼 수 있습니다.

나답게 해주는 사람을 만나세요

어른이 되어가는 과정에서 알게 된 건, 나답게 해주는 사람을 만나야 한다는 겁니다. 방귀를 스스럼없이 뀌고, 씻지도 않은 외적인 나다운 면을 말하는 게 아닙니다. 화가 났을 때 화를 내지 않아도 대화를 할 수 있게 해주고, 무서울 때 의심하지 않고 함께 있어 달라고 부탁할 수 있으며, 쪽팔린 순간에도 도와달라고 말할 수 있게 해주는 나다움입니다. 첫 만남에서 절대 하지 못할 말과 행동 같은 것들 말이죠. 요즘 사회생활을 하면서 느껴지는 건 사람들이 원래 그런 건지, 세상이 변한 건지 알 수 없지만, 모난 모습을 보이게 되면 너무 쉽게 무시하고 헐뜯는 세상이 되어버렸다는 것입니다. 어쩌면 청춘이라는 그늘에서 좋은 말만 듣고 자라 이제야 어른들의 세상을 알게 된 걸지도 모르겠습니다. 이런 세상에서 살다 보니 상처받지 않기 위해 나이가 들수록 더욱 지혜로워져야만 했고, 그냥 사는 것보다는 부단한 노력을 해야만 했으며, 마음대로 되는 일이 없어도 평정심을 유지해야만 했습니다. 그러곤 깨닫게 되었습니다. 어른이 되어서는 나다워지면 안 된다는 것을. 나다운 표현이 놀림거리가 되고, 나다운 순진함이 마음에 상처가 되어 돌아왔기 때문입니다. 하지만 그럴수록 더욱 주변에는 나답게 해주는 사람을 두어야 한다는 것도 함께 깨달았 습니다. 나답게 해주는 사람들과 마음을 나누다 보면 차가운 세 상에 따뜻함을 품을 수 있게 되고요. 무뚝뚝한 말에 다정함을 심 게 됩니다. 그리고 무의미한 생각에 의미를 담게 되며, 이기적인 마음에 양보라는 걸 하게 되죠. 그러면 철없던 '나다움'에 배움의 성숙함이 묻어나오게 됩니다. 이런 성숙함은 적어도 "몰랐어"라 는 말로 타인의 상처를 없었던 일로 만들지는 않고요. 무조건 모 른다고 하여 질책하거나, 부족하다고 화를 내지도 않습니다. 나 이는 성숙함을 나타내는 것이 아니라, 성숙할 기회의 횟수라고 합니다. 나이만 든 사람보다는 성숙한 나다움이 뭔지 알게 해주 는 사람과 함께하세요. 당신의 천진난만한 성격에 상처를 주지 않고도 성숙하게 만들 수 있는 사람과 함께하라는 말입니다. 잘 못된 가르침에 당신이 어긋나지 않도록 말이죠.

• *Today's Quote*

성숙함을 갖고 있는 사람들의 특징

1) 새로운 것을 거리낌 없이 받아들인다.

2) 변화를 두려워하지 않는다.

3) 자신이 틀렸을 수도 있다는 것을 인지한다.

4) 타인의 실수에도 눈감아 줄 수 있다.

5) 하기 싫은 것도 할 줄 안다.

6) 감정 기복이 크지 않다.

왜 당신의 행복을 남에게서 찾는가

"쟤들은 사이가 참 좋다"라는
말을 듣는 사람들의 특징

누가 봐도 "쟤들은 참 사이가 좋다"는 생각이 들게 하는 관계가 있습니다. 그들의 대화를 들어보면 같은 향기를 느낄 수 있습니다. 무슨 이야기를 하든 끊기지 않고, 별다른 말 없이도 잘 맞으며, 티격태격하는 것 같아도 결국엔 화기애애한 우정의 향기로 끝나는 대화들입니다. 이들이 이렇게 좋은 관계를 유지할 수 있는 이유는 단순히 잘 맞아서가 아닙니다. 그들 사이에는 보이지 않는 규칙이 있고, 서로 그 선을 지켜주기 때문에 가능한 일이죠. 이런 배려 덕분에 더욱 잔잔한 우정의 향기를 품으며 함께할 수 있는 것입니다. 어색하지 않은 좋은 관계를 유지하고 싶다면, 선을 잘 지키는 사람들의 공통된 특징을 살펴보는 것이 도움이 될 겁니다. 그들의 특징은 아래와 같습니다.

1. 귀찮다는 이유로 상대의 서운함을 무시하지 않는다.

2. 친할수록 더욱 예의를 지킨다.

3. 서로의 도전을 무시하지 않고, 진심으로 응원해 준다.

4. 내가 졌다고 상대방에게 애써 받으려 하지 않는다.

1. 귀찮다는 이유로 상대의 서운함을 무시하지 않는다

친한 사람들과 일상을 보내다 보면 아무리 가까운 사이라도 서운한 감정이 생길 수밖에 없습니다. 물론 상대가 먼저 서운함을 표현해 주면 좋겠지만, 너무 사소한 일이라 말을 꺼내지 못할 때가 많죠. 이런 사소한 감정들이 쌓이다 보면 결국 한순간에 터져 버릴 수 있습니다. 그렇다고 상대방에게 왜 미리 말하지 않았느냐고 탓할 필요는 없습니다. 친하면 서로 비슷한 생각을 하고 비슷한 행동을 하기 때문에, 상대가 서운할 수 있다는 걸 미리 눈치챌 수 있기 때문입니다. 상대의 표정이나 말투에서도 그 신호를 쉽게 찾아낼 수 있죠. 하지만 '내가 잘못한 게 없으니 괜찮겠지'라며 자존심을 부리거나, 스스로를 합리화하는 태도는 오히려 관계를 악화시키는 주범이 됩니다. 정말 친한 사이라면 감정을 잘 표현할 것 같지만, 사실 그렇지 않은 경우가 많습니다. '상대가 다 알겠지'라는 생각이 더 크기 때문이죠. 그래서 상대방이 서운해할 것 같을 때는 "내가 생각이 짧았네" 같은 말로 먼저 사과하는 것이 중요합니다. 오래가는 관계를 유지하는 사람들은 상대방의 감정을 무시하지 않는 배려를 하는 사람들입니다. 그렇기에 싸워도 언성을 높이지 않고 대화로 풀 수 있는 겁니다. 좋은 관계를 오래 유지하고 싶다면, 상대의 감정을 존중해 보세요.

▌ 2. 친할수록 더욱 예의를 지킨다.

친할수록 더욱 거친 말을 하고 막대할 것 같지만, 마음으로 맺어진 친구들은 그러지 않습니다. 물론 간혹 장난을 치면서 욕도 하지만, 이런 것에 상처를 받지 않을 정도로 끈끈한 관계입니다. 이들이 끈끈한 관계를 맺을 수 있는 건 많이 싸워봤기 때문입니다. 성격이 맞지 않아서, 장난이 너무 심해서, 가치관이 달라서 이미 몇 번의 부딪힘이 있었을 거예요. 하지만 거기에서 관계를 끝내는 게 아니라, 서로의 잘못을 인정하고 받아들이면서 조금씩 서로에 대해 알아가는 겁니다. 벼가 익을수록 고개를 숙이는 것처럼 이들의 관계도 그렇습니다. 조금씩 관계가 익어가면 갈수록 고개를 더욱 빳빳이 쳐드는 게 아니라, 예의를 지키게 되는 거죠. "얘는 이걸 싫어했으니, 다음에는 이 부분에 더 조심해야겠어."와 같은 예의를 차리는 그들의 관계는 떼어놓을 수 없는 끈끈한 관계가 형성되는 겁니다. 한 번 싸웠다고 바로 멀어지는 관계는 절대 깊은 관계를 맺을 수 없습니다. 그럼에도 다름을 인정하고 맞춰가는 사람들만이 끈끈한 관계를 맺게 되는 겁니다. 친하면 친할수록 더욱 예의를 지켜주세요. 꼭 싸우지 않아도 서로가 예의를 지켜주는 관계는 어느 관계보다 값집니다.

▌ 3. 서로의 도전을 무시하지 않고, 진심으로 응원해 준다.

살아가면서 가장 큰 힘을 줬던 사람이 누구일지 생각해 보면 어릴 적 무엇을 하든지 응원해 주던 부모님, 대학을 가기 위해 밤새 열심히 함께 공부했던 반 친구, 취업 준비할 때 할 수 있게 도와준 동료, 한계에 마주해 있던 나를 '할 수 있다'는 말로 더 넓은 시야를 보여준 사람들입니다. 즉, 내가 가장 어려워하고 많이 고민하고 있을 때 나를 찾아와 성장할 수 있도록 힘을 준 사람들이죠. 오랜 관계를 유지하는 사람들도 이런 관계가 형성되어 있습니다. 친구가 어려운 도전에 맞서고 있을 때 단순히 겉으로만 응원하지 않고, 진심으로 관심을 가지고 자신의 에너지를 쏟아 격려와 지지를 아끼지 않습니다. 또한 친구가 가진 목표와 꿈이 얼마나 중요한지를 알고 허투루 생각하지 않기 때문에 서로를 이해하고 배려합니다. 그렇게 단순히 우정을 넘어 서로의 세계를 넓혀준 관계가 되는 것이죠. 사람은 자신의 세상을 넓혀준 사람들을 잊지 못하니다. 이런 신뢰감을 한 번 맛보게 되면, 자신 또한 그 사람에게 더한 힘이 되어 주고 싶어집니다. 그렇게 서로에게 든든한 지지자가 되는 것이죠. 무언가를 헤쳐 나가는 경험을 함께 하게 되면 색다르고 깊은 감정이 생기게 됩니다. 이런 감정들이 쌓이다 보면 누구도 뚫지 못하는 단단한 관계가 만들어집니다.

▌4. 내가 줬다고 상대방에게 애써 받으려 하지 않는다.

관계에서 주고받는 것의 균형은 매우 중요합니다. 하지만 누군가에게 무엇을 주었다고 해서 반드시 그 상대방에게 무엇을 받아야 한다고 생각하게 된다면, 그 관계는 오히려 악화될 수 있습니다. 무언가를 바라고 주는 관계는 깊은 관계가 아닌 거래의 형태로, 거래가 끝나면 쉽게 끊어질 위험이 큽니다. 또한, 주는 것에 대해 대가를 바라거나 기대하는 마음이 있다면, 서로의 마음의 크기가 다를 경우 기대에 부응하지 못했을 때 서운함이나 불만이 쌓이게 되죠. 이런 관계는 결국 서서히 멀어질 수밖에 없습니다. 그래서 친구끼리는 웬만하면 사업을 하지 말라는 이유도 이와 같습니다. 믿는 만큼 서로에게 하는 기대가 커지는 법이니까요. 그래도 깊은 관계를 유지하는 사람들은 주는 것에서 진정한 기쁨을 느끼며, 상대방의 행복을 자신의 행복처럼 여기고, 그 안에서 만족감을 찾기 때문입니다. 상대방에게 무엇을 줄 때 기대를 버리고 순수한 마음으로 기쁨을 느끼는 것이죠. 주는 것에서 기쁨을 찾는 사람들은 대가 없는 사랑이기 때문에, 관계가 멀어질 가능성이 작고 좋은 관계를 유지할 수밖에 없습니다. 좋은 관계를 유지하고 싶다면, 무엇을 주었는지보다 그 과정에서 기쁨을 느끼는 사람이 되도록 하세요. 그러면 관계는 더욱 깊어질 것입니다.

• *Today's Quote*

모든 언행을 칭찬하는 자보다
결점을 친절하게 말해 주는 친구를 가까이하라.
-소크라테스-

진지한 만남을 생각하고 있다면

처음 본 사이지만 선뜻 정을 주고 싶어지는 사람이 있습니다. 공감적 다정함으로 나를 포근하게 해 주는 사람. 자기 것만 챙기는 것이 아닌, 주변 사람들도 챙길 줄 아는 사람. 실패했을 때 꽁해 있기보단 다시 하면 된다고 말하고 진짜로 그렇게 행동하는 사람. 타인의 장점을 보고 자신의 것으로 만들 줄 아는 사람. 자기 잘못에 핑계를 대기보다는 진심으로 사과할 줄 아는 사람. 어색할 수 있는 분위기에서 예쁜 말과 센스로 긴장감을 풀어주는 사람. 강약약강이 아닌 누구든 예의 바르게 대하는 사람. 이렇게 타인의 감정을 이해하고 센스를 발휘하는 사람들과 대화하다 보면 나도 모르게 해맑은 미소로 마음을 내어 주게 됩니다. 그러곤 '다음에 또 보자'라는 말로 다음을 기약하게 되죠. 단순히 외적으로 예쁘거나, 잘생겨서가 아닌, 그 사람의 됨됨이에 반하게 되는 것입니다. 그들과 있으면 이상하리만큼 시간이 빨리 가게 느껴집니다. 만약 누군가와 진지한 만남을 생각하고 있다면, 이렇게 나의 마음이 물 흐르듯 다가갈 수 있는 사람이어야 합니다. 괜한 상대방의 관심, 상황의 초조함, 남에게서 보이는 행복한 모습에 누군가에게 쉽게 정을 주고 만난다면 그 끝은 그리 좋지 못할 겁니다. 자연스레 정이 가는 사람을 만나세요. 나도 모르게 '연락해'라는 말이 나오고, 나도 모르게 '보고 싶다'라는 말이 나오게 하는 사람이요. 반해서라기보다는 편해서 더 알아가고 싶어지는 사람입니다. 그만큼 올바르게 살아왔고, 올곧은 가치관을 품고 있기에 그 사람에게서만 볼 수 있는 매력이기 때문이죠. 이러한 편안함은 누군가를 흉내 낸다고 되는 게 아닙니다. 많은 사람을 만나면서 상처도 입어 보고, 시련도 겪으면서 단단하게 다져진 건강한 마음이 형성되어야 가능한 일이니까요. 흉내 내는 사람은 말과 행동에서 어색한 티가 날 거예요. 한 번에 정이 가고 편한 사람에게는 마음을 편히 내어 줘도 됩니다. 유독 정을 주고 싶어지는 사람이라면 괜찮습니다.

• *Today's Quote*

다름에서 끌리는 사람보다
편해서 끌리는 사람을 만나세요.
편해서 끌린다는 건
상대방이 당신을 배려하고 있다는 뜻입니다.

왜 당신의 행복을 남에게서 찾는가

일하는 것만 봐도 인성을 알 수 있다

일이 잘못되었을 때 남 탓을 하는 사람은 잘못을 인정하지 않는 사람이고, 스스로 할 수 있는 것을 굳이 부탁하는 사람은 타인을 도구로 생각하는 사람이며, 조금만 생각해도 알 수 있는 것을 자꾸 물어보는 사람은 여태까지 사람을 이용해 왔던 사람입니다. 일을 못 하고 잘하고를 떠나서 문제를 해결할 때 그 사람의 말투, 행동, 태도를 보면 인성이 보이게 되어 있습니다. 만일 동업자가 일을 제대로 하지도 않고 말만 한다면 당신을 좀먹는 사람이기에 당장 갈라서야 할 것이고, 상사가 설명도 없이 잘잘못만 따지고 탓을 떠넘긴다면 자신의 비위를 맞추지 않았을 때 언제든 당신을 괴롭힐 수 있기에 이직을 생각해 봐야 할 것이며, 대표가 같이 돈 벌어보자면서 자신의 이익만 챙기려고 한다면, 이익이 없을 때 당신을 언제든지 내칠 수 있는 사람이기 때문에 오래 붙어 있을 생각을 하지 말아야 합니다. 일도 관계도 인성이 뒷받침돼야 오래 유지될 수 있습니다. 상대방을 존중할 줄 모르는 사람에게 사람다운 대우를 기대하는 건 큰 착각입니다. 당장은 잘해 주고, 친절하게 대하는 것처럼 보일지 모르지만, 자신에게 불리한 상황이 닥치면 그 사람의 태도는 급변할 것입니다. 그래서 빨리 관계를 정리하는 것이 오히려 더 나은 선택일 수 있습니다. '매도 먼저 맞는 게 낫다'는 말처럼, 나쁜 관계는 빨리 정리하는 것이 장기적으로 당신에게 이득일 수 있습니다. 존중이 없는 관계에서는 미래도 없는 법이니까요. 존중할 줄 아는 사람과 함께하려면 자기 생각과 가치관을 강요하지 않고, 직접 보고 들은 것이 아니면 함부로 말하지 않으며, 나의 의견이 틀렸을 가능성도 늘 염두에 두는 겸손함을 가진 사람을 만나세요. 이런 당연한 것들을 입장 바꿔 생각하며 예의를 차리는 사람은 무슨 일을 하든 같이 함께 성장할 수 있는 사람입니다.

• *Today's Quote*

"그림을 그리려면 우선 흰 종이가 준비되어 있어야 합니다.
사람도, 먼저 기본적인 인성이 갖추어져야
다른 일도 할 수 있습니다.

왜 당신의 행복을 남에게서 찾는가

꼬인 사람

　어딘가 모르게 배배 꼬인 사람들이 있습니다. 그들은 심성이 꼬여 말투에서 드러나고, 대화를 하면 산으로 가며, 좋은 기분도 나쁘게 만드는 독특한 화법을 가지고 있습니다. 다행히도 이런 성격은 숨겨지지 않습니다. 말투에서 티가 나기 때문에 칭찬하면 꼬인 심성이 드러납니다. 예를 들어, "오늘 일 잘했네"라고 칭찬했을 때 "평소에는 못했어?"라고 대답하거나, "넌 눈이 예쁘다"라고 칭찬했을 때 "눈 말고는 별로야?"라고 대답하는 경우가 그렇습니다. 피해 의식에 찌들어 자기를 지키기 위한 말로 받아치는 사람들입니다. 하지만 사람들과 어울리다 보면 부딪히게 되고, 조금씩 자신의 잘못을 깨닫고 왜곡된 심성을 숨기기도 합니다. 그렇다고 해서 사람이 완전히 변하지는 않습니다. 보통 '농담'이라는 방패를 사용해, 별것도 아닌 것에 왜 삐지냐며 상대방을 속 좁은 사람으로 만드는 레퍼토리는 똑같으니까요. 꼬인 사람들은 대부분 쿨병 말기인지라 자기는 시원한 성격을 가진 사람이라고 생각합니다. 그래서 말도 안 되는 일에 "이것도 이해 못 해?", "이 정도는 할 수 있잖아"라고 말하며 많은 사람을 머리 아프게 만듭니다. 이들은 칭찬이나 단순한 말조차 꼬아서 듣고, 또 한 번 더 꼬아 공격적인 말을 내뱉기에 평범한 일상도 난잡한 싸움으로 만드는 경향이 있습니다. 그래서 꼬인 시선으로 세상을 바라보는 사람들과 소통하다 보면, 나도 모르게 피해 의식이 생기고, 똑같이 꼬인 사람이 될 수 있습니다. 당신의 인생에서 몇 없을 소중한 반짝이는 순간들을 이런 사람들로 인해 망치지 않도록, 그들과는 거리를 두는 것이 좋습니다. 건강한 관계는 긍정적인 대화와 상호 이해를 바탕으로 만들어지는 것입니다. 세상을 꼬인 시선으로 바라보는 사람들은 당신의 행복을 방해할 수 있으니, 항상 조심하세요.

• *Today's Quote*

있는 그대로 받아들이세요.
우리가 꼬인 시각으로 살게 되면,
진심으로 축하해주러 간 자리에
상대방은 자신을 비꼬러 온 줄 알게 됩니다.

왜 당신의 행복을 남에게서 찾는가

조심해야 할 사람과 걸러야 할 사람

조심해야 할 사람과 걸러야 할 사람은 따로 있습니다. 조심해야 할 사람은 힘들고 바쁘다는 핑계로 아무것도 안 하면서 남한테는 '그거 금방 하잖아.'와 같은 말들로 쉬운 듯 말하며, 그 일을 정말로 상대방이 해냈을 때 조용히 찾아와 기생충처럼 달라붙는 여우 같은 사람입니다. 걸러야 할 사람은 자신의 상황을 합리화해 그게 정말 사실인 것처럼 피해 본 척, 다한 척 말하는 뱀 같은 사람입니다. 여우 같은 사람은 때와 장소를 잘 구분할 줄 알기 때문에 큰 소란을 일으키지는 않지만, 뱀 같은 사람은 모든 상황을 자기기준으로 바라보기 때문에 어디를 가든 분란을 일으키게 되어 있습니다. 그래서 싸우고 관계를 정리당할 때면 늘 하는 말이 있습니다. "너를 위해 그랬는데, 왜 내 마음을 알아주지 않아?"입니다. 정작 당사자는 그것을 해달라고 한 적도 없고, 원한 적도 없는데 스스로 판단하고 행동한 후 타인을 이해해 주지 못하는 사람으로 만드는 것이죠. 이런 사람은 자기 말을 받아주지 않으면 제 분을 못 이겨 난리 치게 됩니다. 빈 수레가 요란한 법이라고 하죠. 자기 뜻대로 되지 않았을 때 자기는 착한 사람이고, 쟤는 나쁜 사람이라며 여기저기 말하고 다닙니다. 간사하게 이간질하는 사람의 주위에는 사실 여부도 따지지 않고 그런 말에 현혹되어 그대로 믿는 똑같은 사람들이 있습니다. 싸워봤자 그 사람을 옹호해 주기 때문에 절대 함께해서도, 고치려고 해서도 안 됩니다. 그러다 불리한 상황이 오면 주제와 상관없는 자신의 어려운 상황, 슬픈 일과 같은 감정적인 말들로 "그때 나는 이랬었다."며 당신에게 위로를 바랄 거거든요. 그럼에도 단호하게 받아주지 않는다면 없는 말까지 지어내면서 당신을 나쁜 사람으로 만들 거예요. 여우 같은 사람은 조심하면 되는데 뱀 같은 사람은 답도 없습니다. 이런 사람은 득보다 실이 더 크기에 과감하게 잘라내야 합니다. 그들과 계속 붙어 있다 보면 조종만 당하다 자신을 점점 잃어가게 될 거예요. 정글이 싫으면 도시로 나오면 됩니다. 매일 스트레스로 가득 찬 하루를 버티며 살지 말고 과감하게 그곳을 떠나세요.

• *Today's Quote*

원한다면, 미래는 얼마든지 바꿀 수 있어요.
그러니, 용기를 가지세요.

상황이 애매한 사람

　일을 할 때 항상 상황이 애매하다는 사람이 있습니다. 그들의 말을 들어보면 잘 될 일 같은데 막상 자신이 그 일을 하기에는 애매하거나, 상황이 녹록지 않다고 말합니다. 만약 이들이 힘들어서 좀 도와달라는 말을 하거나, 바빠서 못 하니 같이하자고 하거나, 친구로서 부탁한다면 절대 해주지 말아야 합니다. 사지가 멀쩡하고 정신이 온전한데, 자신의 애매한 상황에서 자기가 하기에는 귀찮고 피곤하니까 타인의 귀한 시간과 노력으로 자기 일을 하려는 것입니다. 이들의 공통된 특징은 자신이 행복해지려고 간 길에 힘들다고 길을 닦아 달라고 하고, 자신이 자초한 일에 대신해 달라고 부탁합니다. "내 상황이 이러니, 내가 지금 바쁘니, 나중에 잘되면"과 같은 말들로 사람을 꾀는 것이죠. 그들의 말을 들어보면 맞는 말 같고요. 생각보다 미래가 괜찮아 보입니다. 하지만 시간이 흐를수록 본색을 드러내기 시작할 거예요. 만일 당신이 바빠서 도와주지 못한다고 말하면 혼자서라도 할 것처럼 말했겠지만, 절대 혼자서 그 일을 하지 않을 거고요. 도와주다가 당신의 상황이 좋지 않아서 못 도와주겠다고 말하면 "약속했잖아, 너 말만 믿었는데"라는 말로 당신 탓으로 떠넘길 겁니다. 만약 이런 꼬임에 넘어가 그 일을 하게 되었다면 점점 깨닫게 될 겁니다. 그 사람은 말만 하고, 그 일의 중심에 당신이 서 있다는 것을요. 일을 벌인 당사자가 중심에서 일을 하는 게 맞지만, 당신을 중심에 세워놓고 그 시간에 자신의 이익을 위한 다른 것들을 하는 겁니다. 애초에 자신이 일할 마음은 없고 현 상황에서 벗어나고 싶으니, 타인에게 해보라고 말한 뒤 잘됐을 때 그때 가서 숟가락을 얹으려는 속셈입니다. 이는 열심히 노력해서 일궈낸 당신의 재능과 시간을 이들의 부탁에 낭비하는 꼴입니다. 이런 사람들의 말에 농락당하지 마세요. 행동만 엉성한 척하지, 속은 누구보다 계산적이고 치밀한 사람입니다. 만약 그의 인생에 당신을 중심으로 두려고 하거나, 자신은 직접적으로 하지 못할 애매한 상황에 있으면서 같이 하자고 말한다면 거리를 두고 지켜보세요. 당신의 시간과 재능을 갉아먹을 사람이기 때문이죠.

왜 당신의 행복을 남에게서 찾는가

이간질 하는 사람은 자신이 이간질하는지 모르고,

진짜 쓰레기 같은 사람은 자기가 쓰레기인 줄 모릅니다.

그래서 늘 당당하게 말하죠.

안타까운 건,

착한 사람들이 그 말을 진심으로 받아들인다는 겁니다.

사람을 귀하게 여길 줄 아는 사람

사람을 귀하게 여길 줄 아는 사람은 자신의 감정에 치우쳐 아무에게나 이런저런 말을 하지 않고, 약속의 무게감을 알며, 욕심으로부터 한 발짝 물러서 상대방의 입장부터 생각하고 행동합니다. 하지만 이런 사람이 있으면 저런 사람도 있겠죠. 늘 함께할 것처럼 말하다가 일이나 금전적인 상황을 맞닥뜨리게 되었을 때, 욕심에 눈이 멀어 앞뒤 안 가리는 사람도 있습니다. 이들은 보통 '말만 하는 사람'이라는 수식어가 붙게 됩니다. 물론 그 말이 잘해주고 싶어서 한 말일 수도 있고요. 실제로 당사자가 느끼기에 도움을 받았다고 생각했을 수도 있습니다. 하지만 결과를 놓고 알맹이를 까보면 생각이 달라집니다. 날 도와주는 대가로 뭔가를 해줬거나, 그 사람에게 조금이라도 이득이 갔을 테니까요. 잘 생각해 보아야 합니다. 일은 본인이 다 했다고 생색은 냈겠지만, 실질적으로 한 건 별로 없을 겁니다. 이런 이기적인 면들은, 가까웠다고 생각했던 사람들에게 실망감과 배신감을 크게 안겨주게 됩니다. 그래서 속이 들켰을 때는 가차 없이 절교를 당하는 거겠죠. 인간관계도 계속 말로만 잘해줄 것처럼 말하는 사람 말고, 말 한 마디에 진정성이 있는 사람을 만나야 합니다. '말'만 하는 사람은 맨날 실없이 "같이 이거 해보자", "믿는다"는 입에 발린 말을 해놓고 중요한 순간에 자신의 이익을 따라갈 테니까요. 반면에 진정성 있는 사람이라면 이익을 챙겨도 먼저 상대방의 입장을 생각해보고, 자신의 입장을 밝히거나 상대방의 의견을 묻는 등 '존중'이 무엇인지 깨닫게 해줍니다. 아무리 재밌어도 '말'만 하는 사람보다는 조금은 진지해도 도덕적이고 '양심'을 가진 사람이 백배 천배는 낫습니다. 이기적인 사람은 자신의 입장만 헤아리기에 행복한 인생에 고민이라는 걸림돌을 가져와 끝없이 물고 늘어질 겁니다. 당신보다 더 나은 삶을 살 때까지 말이죠. 그러니, 사람을 숫자로 안 보고 귀하게 여길 줄 아는 사람과 함께하세요.

• *Today's Quote*

상대방이 좋아하는 것이나, 싫어하는 것을 할 때,
어떤 단어를 내뱉는지 잘 보아야 합니다.
말에는 인품이 담겨 있기 때문이죠.

무례한 사람을 대하는 방법

살다 보면 어떤 사람의 말도 들으려 하지 않고, 언제나 자신이 옳다고 우기는 제멋대로인 사람을 종종 만나게 됩니다. 보통 능력은 없는데 고집이 센 상사나, 남을 가스라이팅 하는 것을 즐겨하는 사람들이 대개 이렇습니다. 이들과 티격태격 지내다 보면 점점 깨닫게 됩니다. 사람은 잘 변하지 않는다는 것, 그리고 무례는 결국 무식하다는 증거라는 걸요. 무례한 사람과 싸우면 오히려 자기 입만 아픕니다. 이들과 논쟁이 생길 때는 "네가 옳아."라고 넘기세요. 옳고 그름을 두고 싸운다면 어차피 당신을 쪼잔하고, 피해의식이 강한 사람으로 몰아갈 테니까요. 논리가 통하지 않은 사람은 이기고 지고를 떠나서 대화가 성립되지 않습니다. 무례한 사람에게는 자신이 잘못하지 않았다는 전제와 자신이 무슨 말을 해도 당신에게는 지지 않을 거란 우월주의가 깔려 있기 때문에, 의식하지 않고 거침없이 무례한 말을 쏟아내는 것입니다. 사람은 고쳐 쓰는 게 아니라는 말이 있죠. 바뀔 사람이라면 두세 번 말했을 때 이미 티가 났을 거고요. 바뀌지 않을 사람이라면 백날 말해도 미동조차 하지 않을 겁니다. 오히려 당신의 조언을 잔소리로 받아들이거나, 진심 어린 충고를 오지랖으로 볼 거예요. 만일 순수한 마음에 성격 차이라고 생각해 배려한다면, 호의를 권리로 생각해 그게 자신의 무기인 것처럼 휘두를 겁니다. 그러다 일이 잘 풀리지 않는다면 결국 당신에게 돌아오는 건 원망과 책임전가 뿐일 거예요. 정말 상대방이 변하길 원한다면 그냥 놔두세요. 언젠간 자신의 업보가 쌓이고 쌓여 자신에게 돌아와 크게 당할 날이 올 겁니다. 그렇게 스스로 잘못되었음을 직감할 때 쯤이면 당사자도 이미 늦었음을 깨닫게 될 겁니다. 그제야 당신의 말을 떠올리고 멍청한 자신을 자책하며, 고통스러워할 거예요. 좋은 사람이 되려다, 무례하고 습관적으로 상처를 주는 사람들에게 휘둘리지 않기를 바랍니다.

"네가 싫어하는 사람에게 복수하려 안달하지 말고,
강가에서 신선한 바람과 따스한 햇살을 즐기며
낚시질이나 콧노래 불러가며 하고 있으면
네 적이 죽어서 둥둥 떠내려올 것이다."
-중국 격언 중-

내 그림자도 나를 버리기 마련이다

"어두운 시절에 남이 내 곁을 지켜줄 거라 생각하지 말라. 해가 지면 심지어 내 그림자도 나를 버리기 마련이다." 중세 이슬람의 법학자이자 신학자인 '이븐 타이미야'가 한 말입니다. 의미는 인생의 어두운 순간에 누군가에게 크게 기대하기보다는 스스로의 힘으로 버텨내야 한다는 뜻입니다. 우리는 혼자서 해결하기 어려운 순간을 만나면 주변 사람들의 위로나 도움으로 자신의 문제가 해결되길 바랄 때가 많습니다. 하지만 사람들도 자신의 사정과 상황이 있기 때문에 기대만큼이나 큰 도움을 받지 못할 때가 많습니다. 그럴 때마다 '인생은 독고다이'라는 말이 와닿게 되는 것이죠. 여기서 우리는 '해가 지면 내 그림자조차 나를 떠난다'는 말을 기억해야 합니다. 내가 어디를 가든, 무슨 행동을 하든 그대로 따라다니던 그림자조차 해가 지면 사라지는데, 가까운 사람들이 내가 원하는 만큼 해주지 못한다고 실망할 필요는 없다는 것입니다. 우리가 가져야 할 마음가짐은 나를 걱정해주고 위로해주는 사람들에게 고마움을 느끼고, 내가 직면한 문제는 스스로 해결하는 것입니다. 이미 많이 겪어봐서 알겠지만 홀로 싸워야 하는 상황이 덜컥 다가오고, 홀로 버텨내야 하는 상황이 기어코 찾아옵니다. 이럴 때마다 섭섭해하면 주변에 남는 사람은 단 한 명도 없습니다. 어려운 일이 생기면 자신이 감당해야 할 하나의 과제가 생겼다고 생각하세요. 꽃이 얼굴을 당당하게 내밀고 있으려면 꽃받침이 반드시 있어야 합니다. 그 꽃받침을 남의 받침으로 대고 있다 보면, 그 받침이 없을 때 그 꽃은 바로 툭 떨어지게 될 겁니다. 우리 인생도 힘들게 쌓아 올린 꽃이 한 번에 무너지지 않기 위해서는 스스로 문제를 해결하려는 노력과, 그 과정에서 얻는 교훈을 자신만의 받침으로 만들어야 합니다. 타인의 받침을 자기 것으로 생각하지 않기를 바랍니다. 오로지 자신만의 받침이어야 꽃을 견고하게 피울 수가 있습니다. 힘든 상황에서 누군가가 도와주길 기다리기보다는 자신을 먼저 바라보고, 또 믿고 나아가 보세요. 그게 가장 현명한 판단이고, 자신의 삶을 대하는 바람직한 태도입니다.

• *Today's Quote*

스스로를 신뢰하는 순간 어떻게 살아야 할지 깨닫게 된다.
-요한 볼프강 폰 괴테-

왜 당신의 행복을 남에게서 찾는가

가끔은 단순하게 바라보는 관계도 필요하다

인간관계에서 가끔은 단순하게 생각하는 것도 좋습니다. 누군가가 나를 좋아해 주면 고맙게 받아들이고, 누군가가 떠나면 떠날 때가 돼서 떠난다는 단순하게 생각하는 겁니다. 우리가 이쁜 옷을 선물 받았다고 해서 그 옷만 하루 종일 보는 것이 아닙니다. 또 지나가다가 다른 이쁜 신발을 보면 그것이 사고 싶어지지만, 그 또한 계속 이쁘다고 보고 있지 않습니다. 사람은 이쁘고 좋은 것들이 있으면 자연스럽게 시선을 돌리는 게 본능입니다. 그래서 누군가와 멀어졌다고 해서 스스로를 자책하거나, 내가 못나서 그런 건지 되묻지 않을 때도 필요하고요. 또 상대방이 나쁘기 때문에 나를 떠났다고 생각하지 말아야 할 때도 필요합니다. 처음에는 나를 진심으로 대했을지라도, 시간이 흐르며 마음이 변하는 것은 지극히 자연스러운 일이라고 생각하고 넘어가는 것이죠. 꼭 설명이 필요한 것들이 있지만, 굳이 설명하지 않아도 될 것들도 있습니다. 하나하나 이유를 알려고 하면 더 복잡해질 때가 있습니다. 그저 우리의 인연이 끝났다고 생각할 때는 그렇게 생각하고 넘어가야 합니다. 평생 함께할 것 같았던 사람도 결국 떠나기 마련이고, 그 빈자리는 때때로 예상하지 못한 새로운 인연이 채워지곤 합니다. 그러니, 관계의 오고 가는 것에 지나치게 마음 쓰지 말고 자연스럽게 흘러가는 대로 두는 것도 필요합니다. 물론, 그 과정에서 상처를 받거나 감정이 흔들릴 수 있지만 그것이 곧 내가 잘못했다는 의미는 아닙니다. 사람의 마음은 상황에 따라 변하는 것이고, 그 변화를 받아들이는 것이 성숙한 자세니까요. 오는 이들은 더 알아가고, 떠난 이들은 미련을 두지 않으며, 자신을 위한 시간을 보내는 것도 중요합니다. 사람과의 인연은 필연적이라기보다는 우연의 연속입니다. 중요한 것은 그 모든 만남을 찾아와 준 것에 감사한 마음으로 대하고, 떠나는 사람들 역시 감사한 마음으로 보내는 것입니다. 이처럼 불필요한 것들은 떠나가고, 필요한 것은 다가오기 마련입니다. 가끔은 마음 편히 단순하게 바라보는 관계도 필요합니다.

왜 당신의 행복을 남에게서 찾는가

만일 모든 사람이,

다른 사람들이 자기 이야기를 어떻게 하고 있는지 안다면,

이 세상에 친구는 네 명도 남지 않을 것이다.

-파스칼-

상대가 날 무시한다는 증거

▌ 1. 약속 장소에 갔는데 다른 사람과 같이 있는 것

약속 장소에 갔는데 말도 없이 알지도 못하는 사람과 함께 있다는 건, 그 자리에 참석한 당신을 전혀 배려하지 않는다는 뜻입니다. 당신이 어떤 옷을 입고 있든, 어떤 상태로 있든 상관하지 않는다는 전제가 깔린 것이죠. 만약 그 자리가 편한 자리라 생각해 준비 없이 나갔다가 우연히 짝사랑하는 사람이 나타났다고 상상해 보세요. 하루 종일 옷을 매만지며, 냄새는 나지 않을까 걱정하고 조심하면서 불편한 시간을 보내겠지요. 결국, 집에 돌아온 뒤에도 그 하루는 최악의 기억으로 남을 것입니다. 정말 배려할

왜 당신의 행복을 남에게서 찾는가

줄 아는 사람이라면 당신과 친한 상대가 아닌 이상 누구랑 같이 있는지 정도는 귀띔해 주는 것이 예의입니다. 특히 친하지 않은 사람들과 함께하게 되는 상황에서는 더욱 그렇습니다. 나를 불편한 상황에 몰아넣는 것은 나에 대한 무관심을 드러내는 행위입니다. 이러한 행동은 당신의 부족한 부분을 드러내고, 자신의 우위를 과시하려는 사람일 가능성이 큽니다. 그들은 타인의 불편함을 자신의 유희로 삼고, 자신을 과시하는 데 집중하기 때문에 조심할 필요가 있습니다. 그들의 놀림감이 되지 않도록 말이죠.

▌2. 불러 놓고 휴대전화를 보거나 다른 일을 한다.

사전에 다른 말도 없이 놀자고 불러 놓고 주구장창 핸드폰을 보거나, 자기 할 일을 하는 행동은 당연히 예의가 없는 행동입니다. 이들은 타인의 시간을 존중하지 않는 사람들입니다. 자신이 주도권을 잡고 모든 것을 결정하려 들며, 상대방을 그저 기다리게 하는 상황을 만듭니다. 이들은 이기적인 성향이 강하며, 자신이 중심에 서야 직성이 풀리는 타입이기 때문에 상대방의 감정이나 불편함은 아랑곳하지 않고, 오직 자신의 편의만을 우선시합니다. 어이없게도 반대로 같은 상황에 처하게 되면 뒤도 안 돌아보고 그 자리를 박차고 나가거나, 자신이 무시당했다는 생각에 강하게 반발하는 사람들입니다. 정작 자신이 그러한 상황을 만들었을 때는 '조금만 기다려줘.'라는 말로 상대방에게 인내를 요구하고, 그 상황을 대수롭지 않게 여기면서 말이죠. 마치 상대방의 시간과 감정은 무시해도 괜찮다는 듯 행동하는 이들은, 자기중심적인 사고에서 벗어나지 못하는 사람들입니다. 만약 둘이 함께 물에 빠졌다면 주저 없이 당신을 발판 삼아 혼자 살아남을 것입니다. 그만큼 타인의 고통이나 불편은 고려하지 않고, 자신만을 우선시하는 이기적인 성향을 보입니다. 이런 사람들과는 빨리 관계를 정리하는 것이 좋습니다. 그러지 않으면 그들의 무심함과 이기적인 행동에 끌려 다니게 될 테니 말이죠. 당신의 소중한 시간과 감정을 이기적인 사람들에게 낭비하지 마세요.

▎3. 난감한 부탁을 당연하게 한다면

난감한 부탁을 당연하게 여기는 사람들이 있습니다. 이들은 주로 "내가 전에 도와줬으니, 이번엔 네가 좀 도와줘"라는 식으로, 상대방이 거절하기 어려운 상황을 만들곤 합니다. 하지만 누군가를 도와줬다고 해서 부탁이 명령이 돼서는 안 되겠죠. 이런 사람들의 특징은 '같이 하자'라는 말로 자신에게 유리한 상황을 만들며, 서로 돕고 사는 게 좋다는 말을 자주하지만, 실제로는 자

왜 당신의 행복을 남에게서 찾는가

신의 필요에 따라 상대방을 이용하려는 의도가 숨어 있습니다. 세상 모든 사람이 그런 것은 아닙니다. 진심으로 도움을 주려 하는 사람도 많죠. 그러나 난감한 부탁을 하는 사람들은 신중함이나 배려를 크게 신경 쓰지 않습니다. 친구나 동료라는 관계를 이용해 억지로 부탁을 하고, 그 부탁이 곧 상대방의 의무인 것처럼 느끼게 만듭니다. 일단 그들의 요구를 들어주기 시작하면, 그들은 점점 더 큰 부탁을 하고 결국엔 이용당하게 될 가능성이 큽니다. 시간이 지나면서 그들의 본심이 드러나고, 이를 알아챈 사람들은 자연스레 그들 곁을 떠나게 됩니다. 하지만 정작 그들은 자신이 무엇을 잘못했는지 깨닫지 못합니다. 그들은, 정당하게 무언가를 요구했다고 생각하기 때문입니다. 그래서 이런 사람들과 엮이게 되면 내 삶도 불편해지고 혼란스러워지기 쉽습니다. 그들이 난감한 부탁을 해올 때는 미리 단호하게 대응하는 것이 중요합니다. 이런 사람들에게는 분명한 거절이 필요합니다. 애매하게 돌려 말하거나 상처받을까 봐 조심스럽게 대하면, 그들은 당신을 설득하려 들 것입니다. 선을 넘지 못하도록 "싫다.", "시간이 없다.", "귀찮다."는 의사를 확실히 표현하고, 필요한 거리를 유지해야 합니다. 이렇게 단호한 태도를 보이면, 그들은 다음에 부탁할 엄두도 내지 못할 것입니다.

▌4. 맞지 않다고 '다른' 것이 아닌 '틀렸다'고 말한다.

다른 것과 틀린 것을 명확히 구분해야 합니다. '다르다'는 단순히 너와 내가 같지 않다는 뜻이며, '틀리다'는 잘못되었다는 뜻입니다. 하지만 자신의 취향이나 방법이 다르다는 이유만으로 그것을 '틀렸다'고 말하는 사람이 있습니다. 예를 들어, 발라드를 좋아한다고 말하면 "지루한데 왜 그런 걸 듣냐?"고 비웃거나, 아프리카로 여행을 간다고 하면 "더운 나라에 뭐 하러 가냐?"며 비꼬는 사람입니다. 이들은 단순히 자기 생각과 다른 것을 받아들이지 못하고, 그것을 틀린 것으로 치부합니다. 이런 태도는 매우 편협한 시각에서 비롯된 것입니다. 우정이나 사랑, 그리고 모든 인간관계에서 각자의 기준과 취향이 다를 수밖에 없습니다. 이러한 차이를 인정하고 존중하는 마음이 없다면, 관계는 쉽게 무너지게 되는 것이죠. 만약 누군가가 다른 걸 틀렸다고 말한다면, 당신을 무시하고 있는 것이니, 다른 것과 틀린 것이 무엇인지 짚고 넘어가 주세요.

무시하는 행동을 습관처럼 즐겨하는 사람이 있다.

가벼운 웃음으로 넘어가 줄 수도 있겠지만,

그 상황이 반복될 가능성이 크기에

그들이 당신을 무시하는 행동을 한다면 똑같이 행동해 주자.

논쟁 없이 잘못된 행동을 되짚어주는 확실한 방법이다.

같이 유치해지는 사람

늘 격식 있는 말과 딱딱한 안부 인사를 건네는 사람보다는 서로가 서로에게 '초딩이냐?'라는 말이 나오는 사람. 바른 자세와 단정한 옷차림으로 만나는 사람보다는, 어디를 가든 눈치 보지 않고 편한 차림으로 우스꽝스러운 몸짓을 하며 서로 키득키득 웃을 수 있는 사람. 이런 사람은 당신에게 정말 중요한 사람입니다. 누군가 우리를 보며 부모처럼 미소 짓고, 마치 자신의 어린 시절을 떠올리듯 피식 웃을 수 있다면, 그 사람은 우리와 정말 잘 맞는 사람일지도 모릅니다. 비록 무의미하고 사소한 말과 행동일지라도, 바로 그 순간이 가장 나다운 순간이기 때문이죠. 길을 가다 엉덩이를 흔들며 춤을 추거나, 주변에 아무도 없다는 생각이 들면 큰 소리로 노래를 부르는 행동처럼, 집에서만 할 수 있을 것 같은 모습을 그 사람 앞에서도 스스럼없이 보여줄 수 있다면, 그런 관계는 정말 소중히 붙잡아야 합니다. 내가 힘들고 지칠 때도 여전히 웃긴 얼굴로 찾아와 나를 지탱해 주고 위로해 줄 사람 중한 명일 테니까요. 물론, 나를 성숙하고 어른스럽게 만들어 주는 사람도 인생에서 중요합니다. 하지만 어리숙한 모습까지 있는 그대로 받아주고 사랑해 주는 사람은 평생 함께할 수 있는 소중한 인연입니다. 사랑에는 여러 가지 형태가 있지만, 어느 정도 깊은 사랑에 이르면 그 관계는 자연스레 유치해집니다. 서로가 서로에게 유치해지는 관계는 흔한 것 같아 보여도 사실 쉽게 찾아보기 어렵습니다. 나이가 들수록 유치해지기가 쉽지 않고, 온전한 나를 보여주는 것도 점점 어려워지니까요. 그런데도 자신을 내려놓고 마음껏 웃을 수 있는 사람과 함께한다면, 그것이 진짜 우정이거나 진짜 사랑일지도 모릅니다. 어른스럽게 만드는 사람보다는 나를 유치하게 만드는 사람과 함께 한다면 슬픈 날보다는 행복한 날이 더 많아질 거예요.

• *Today's Quote*

나를 어른스럽게 만든다면 스승으로 삼고,
나를 유치하게 만든다면 결혼하세요.

신기한 인연

　인연이라는 게 참 신기합니다. 처음에는 눈길 한 번 안 갔던 사람인데, 나도 모르게 그 사람이 없어서는 안 되는 순간이 오고요. 농담처럼 건넸던 말들이 낯선 감정을 만들어내게 됩니다. 이러나저러나 사람을 첫인상으로 판단하면 안 될 거 같아 대화를 나눠보면, 알 수 없는 묘한 감정이 스며듭니다. 그러곤 나의 허전함을 채워주는 사람이라는 걸 직감하게 되었을 때, 인연을 만들어 나가고 싶어집니다. 또 섣불리 다가가지 않아야지 생각하면서도 내일이 오길 기대하고 있습니다. 그렇게 찰나의 방심에 인연이 시작됩니다. 우리가 이럴 줄 몰랐다며 한 번 웃고, 생각지 못한 공통점에 두 번 놀라고, 점점 닮아가는 서로에게 열 번 소스라칩니다. 그렇다고 썩 나빠하지 않습니다. 그런 게 사랑이니까요. 상상하지도 못했던 사람이 어느 순간 내 손을 잡고 있고, 평생 친구일 줄 알았던 사람과 어느 순간 함께 미래를 꿈꾸고 있으니, 기가 막히는 건 어쩔 수 없습니다. 이처럼 계획에 없던 사랑을 하게 하고 예상치 못한 크기로 마음이 커지는 것이 인연입니다. 맺어질 사람이라면 꿈 속에서라도 만나게 되고요. 이어지지 않을 사람이라면 늘 곁에 있어도 알지 못합니다. 그러니, 믿기지 않을 인연이라도 아낌없이 사랑해 주라는 말입니다. 괜한 과분함에 자격을 찾지 말고요. 지난날을 잊고 현실에 살 수 있어야 관계가 완성되니, 기차가 떠나기 전에 냉큼 타면 좋겠습니다. 후회로 가득한 과거는 영원히 묻어두는 겁니다. 그렇게 손을 맞잡게 되었다면 이제는 '신기하다'라는 말보다는 '운명이었나 봐'라는 트인 말을 되뇌면 좋겠습니다. 상상은 기적을 만들기도 하지만 불행을 만들기도 하니까요. 계속 신기하다는 말을 듣다 보면 인연을 우연으로 착각할 수도 있습니다. 더 이상 운명의 선이 돌고 돌아 시간을 낭비하지 않도록, 우리가 함께할 수밖에 없었던 이유를 밤새 생각해 보아요. 그렇게 깊은 밤을 보내는 겁니다. 사랑하는 사람과.

• *Today's Quote*

운명이란 그런 것이다.
한 번도 찾아다니지 않던 무언가를 발견했는데,
그것이 내게 항상 결여되어 있었다는 것을 확신하게 되는 것.
-독일 격언 중-

2장

성장하면 더 빛나니까

인생에서 가장 쓸데없는 생각

1. 남을 너무 의식하며 사는 것
2. 상대방을 바꿔보려 하는 것
3. 일어나지 않은 일을 미리 걱정하는 것
4. 비디오를 돌려보듯 지난 일을 계속 후회하는 것

▌1. 남을 너무 의식하며 사는 것

남을 의식하는 생각은 '남들이 나를 어떻게 생각할까'라는 질문에서 비롯됩니다. 이는 자신의 실수나 타인의 따가운 시선이 두렵기 때문입니다. 이렇게 남을 지나치게 의식하는 것도 습관이 되면 삶을 피곤하게 만들고, 자세를 위축시키며, 자존감마저 낮아지게 만듭니다. 사람은 본능적으로 자신보다 약하다고 느끼는 대상을 발 아래 두려는 습성이 있습니다. 한 번 그 기세에 눌리면 트라우마가 되어 쉽게 벗어나지 못하고 눈치를 보며 살아가게 되죠. 하지만 우리 인생은 한 번뿐입니다.

더 나은 삶을 위해서는 어깨를 펴고 당당하게 살아가는 연습이 필요합니다. 먼저, 사람들은 내가 의식하는 것만큼 나를 신경 쓰지 않는다는 사실을 명심해야 합니다. 생각해 보면, 두 달 전의 고민도 정확히 기억나지 않듯, 다른 사람들도 당신의 사소한 실수를 일일이 기억하지 않습니다. 하나를 잘하는 사람은 있어도 모든 것을 잘하는 사람은 없습니다. 그러니 당신 자신을 제대로 알지 못하는 사람들의 말에 기죽지 마세요.

문제를 어떻게 받아들이느냐에 따라, 성장하는 내가 될 수도 있고, 후회하는 내가 될 수도 있습니다. 성장하는 내가 되기 위해서는 마음을 가볍게 다잡고, 당당했던 초심으로 돌아가면 됩니다. 실수했다면, 실수를 반복하지 않기 위해 새로운 해결책을 마련하는 것처럼 '처음이니 못할 수도 있지'라는 마음으로 다시 시도하는 것입니다. 문제 해결에 필요한 것은 문제점을 파악하는 것이지, 눈치를 보는 것이 아닙니다.

이렇게 남을 의식하지 않고 온전히 나 자신을 존중하는 습관을 기르다 보면, 자신감이 생기고 삶이 변하게 됩니다. 그리하여 당신은 더 이상 타인을 의식하지 않고, 주체적으로 자신의 삶을 살아가게 될 것입니다.

왜 당신의 행복을 남에게서 찾는가

▌2. 상대방을 바꿔보려 하는 것

나도 내가 원하는 대로 쉽게 변하지 않는데, 남을 바꾸려는 것은 큰 욕심입니다. 많은 사람들이 이런 부분에서 많은 에너지를 소비하곤 합니다. 하지만 아쉽게도 사람은 쉽게 변하지 않기 때문에, "내가 너무 큰 걸 바라는 걸까?" 혹은 "내가 이상한 걸까?"라며 스스로를 의심하게 되는 순간이 옵니다. 그러나, 화살을 자신에게 돌린다고 해서 해결되는 일은 아닙니다. 따지고 보면 대부분의 문제는 서로의 잘못이거나 오해에서 비롯된 경우가 많습니다.

인간관계는 서로를 배려하고 이해하려는 마음에서 시작되는 것이지, 한 사람만의 노력으로 이루어지지 않습니다. 어떤 관계든 한쪽이 일방적이 되면 다른 쪽은 스트레스를 받게 되고, 결국 둘의 관계는 지칠 수밖에 없습니다. "내가 더 잘하면", "이 사람을 바꾸면"이라는 기대는 오히려 둘 사이를 갈라놓는 지름길입니다. 관계는 혼자 하는 것이 아닌 둘이 함께 맞춰가는 것이니, 맞추려는 마음이 없는 상대에게 자신을 희생하면서까지 노력할 필요는 없습니다. 맞지 않는 사람은 놓아주고, 있는 그대로의 나를 좋아하고 이해해 주는 사람과 함께하세요. 어느 정도의 노력에도 변하려는 마음조차 보이지 않는 사람은 시간이 지나도 결코 바뀌지 않을 테니까요.

▌3. 일어나지 않은 일을 미리 걱정하는 것

걱정도 과하면 병이 된다고들 하죠. 우리 삶에서 해결되지 않은 일들에 대해 계속해서 걱정하고 되새기는 것은 실질적으로 문제를 해결하는 데 도움이 되지 않습니다. 오히려 앞으로 일어날 일들에 미리 준비하는 것이 더 안정적인 상황을 만들어줍니다. 불확실한 상황에서 부정적인 감정에 휘둘리기보다는, 긍정적이고 낙천적인 마음가짐을 유지하는 것이 중요합니다. 부정적인 생각도 습관이 되듯, 긍정적인 마음가짐도 꾸준한 연습을 통해 습관으로 자리 잡을 수 있습니다. 처음에는 긍정적인 사고방식을 유지하는 것이 힘들 수 있겠지만, 매일 조금씩 긍정적인 태도를 갖는 연습을 하다 보면 자연스럽게 긍정적인 마음이 우리의 일상에 스며들게 됩니다. 부정적인 감정이 문득 찾아올 때는 자신에게 이렇게 말해 보세요.

두려워하지 말자.	아직 시작도 안 했다.
당황하지 말자.	예상보다 잘 진행되고 있다.
서두르지 말자.	아직 기회는 충분하다.
염려하지 말자.	당신이라면 충분히 해낼 수 있다.
포기하지 말자.	이제 행복할 일만 남았다.

왜 당신의 행복을 남에게서 찾는가

▌4. 비디오를 돌려보듯 지난 일을 계속 후회하는 것

우리는 종종 재미난 비디오를 반복해서 보듯, 지나간 일들을 계속 곱씹습니다. 하지만 과거에 머물러 있으면, 성장할 기회를 놓치기 마련입니다. 로켓이 높이 날기 위해 다 쓴 무거운 연료통을 버려야 하듯이, 우리도 마음속 짐을 내려놓아야 더 멀리 나아갈 수 있습니다. 그러니 때로는 잊을 땐 과감히 잊어야 합니다. 물론 실수를 무작정 회피하라는 뜻은 아닙니다. 실수를 돌아보는 것도 중요하지만, 그로 인해 계속 자신을 괴롭히거나 붙잡혀서는 안 된다는 말입니다. 그저 무거운 생각들은 털어내고 당장의 급한 불부터 차근차근 해결해 나가는 것이 더 나을 때가 있습니다. 하나씩 불을 끄다 보면, 운 좋게 단비가 내려서 불이 저절로 꺼질 수도 있고, 주변 사람들이 소화기를 들고 와 도와줄 수도 있습니다. 너무 서두르지 말고, 가벼운 마음으로 급한 불부터 꺼 나가봅시다. 같은 실수를 반복하지 않는다면 그것만으로도 충분합니다. 만약 정말 최선을 다했음에도 실수를 반복했다면, 그것은 우리 통제 밖의 문제일 수 있습니다.

어찌 사람이 완벽할 수 있나요. 실수는 자연스러운 것이고, 그저 잘되기를 바라는 마음으로 기다리는 것도 하나의 방법입니다. 중요한 것은 이미 당신이 충분히 노력하고 있다는 사실입니다.

그러니 너무 과거에 얽매여 자신을 괴롭히지 마세요. 당신은 이미 지금, 이 순간도 충분히 애쓰고 있습니다.

• *Today's Quote*

생각한 거랑 너무 다르다고
인생을 환불할 수는 없잖아요.
A/S 해서라도 이쁘게 살아가세요.

왜 당신의 행복을 남에게서 찾는가

착하게보다는 올바르게

살아가면서 '누구에게 가장 많이 화를 내고 짜증을 냈냐'는 질문에 대다수가 가장 가깝고 사랑하는 가족이나 친구라고 답할 것입니다. 이는 사실 우리의 뇌가 상대방을 "남"이 아닌 "나"로 인식하기 때문이라고 합니다. 나의 일부로 인식하기 때문에 상대방이 내가 원하는 대로 행동하지 않거나 생각하지 않았을 때 답답하고 화가 나는 것이죠. 그렇기에 가까운 사이일수록 더욱 예의를 지키며 살아가야 합니다.

최근 들어 느끼는 것은, 당연한 말들이 사람들에게 공감과 위로를 준다는 사실입니다. 이는 많은 사람들이 기본적인 예의를 무시하는 사람들로 인해 상처받으며 살아가고 있다는 것을 의미합니다. 살아가다 보면 충돌은 피할 수 없지만, 친하든 친하지 않든 무례하게 행동하거나, 심지어 자신이 만든 문제에 화를 내는 사람들을 보며, 나도 누군가에게 그런 존재가 아니었을까 하고 되돌아보게 됩니다.

우리가 알아야 할 것은, 강한 사람에게 하지 못할 말은 약자에게도 해서는 안 된다는 것, 내가 싫은 것은 남에게도 하지 말아야 한다는 것, 그리고 나와 연이 없는 사람에게 굳이 자신을 낮추며 예의를 차릴 필요는 없더라도 인간으로서 기본적인 도리는 지켜야 한다는 것입니다. 이 모든 것이 남을 위한 것처럼 보이지만, 사실은 나를 위한 일이라는 것이죠.

사람을 대하는 데 있어 정답은 없지만, 확실한 것은 착하게 사는 것보다 올바르게 사는 것이 중요하다는 점입니다. 단순히 내 기준에 맞춰 착하고 성실하게 살려고 애쓰기보다는, 타인도 나처럼 보고 느끼는 사람임을 인식하고, 올바른 태도로 함께 살아가는 것이 더 나은 삶의 방식입니다. 우리는 모두 다른 환경과 경험 속에서 살아가며, 상대방의 입장을 완벽히 이해하는 것은 불가능할지 모릅니다. 그렇기에 더더욱 서로의 차이를 인정하고 존중하며 예의를 지키는 것이 중요한 이유입니다. 배려와 존중은 결국 나를 위한 선택입니다.

왜 당신의 행복을 남에게서 찾는가

모두에게 예의를 갖추고,

많은 사람에게는 친절하게 대하며,

소수와는 친밀하게 지내고,

한 사람에게는 진정한 친구가 되어라.

그리고 누구에게도 적이 되지 말라.

- 벤자민 프랭클린 -

빈틈이 없어서

　너무 완벽해지려고 하지 않았으면 합니다. 가끔은 힘들면 쉬어도 되고요. 슬프면 기대도 됩니다. 그래야 위로라는 핑계로 잠깐이라도 따뜻한 한마디를 건넬 수 있으니까요. 아무리 다재다능한 사람이라도 빈틈을 보여주지 않으면 다가갈 수가 없습니다. 험한 세상을 살아가기 위해서는 완벽을 연기하기보다는, 부족함을 인정하는 것이 정신 건강에 더 이롭습니다. 오히려 진짜 자신을 잘 지키며 살아가는 사람들은 빈틈을 보여줌으로써 상대방의 진심을 알아채고, 내려놓고 새로운 것을 배워 자신의 가치를 증명합니다.

　반면, 삐걱대며 사는 사람들은 완벽함을 보여주려 애쓰며 자신을 지키려 하고, 빈틈없는 모습에서 나오는 칭찬을 받아야만 자신의 가치를 느낍니다. 진짜가 인생을 즐길 줄 아는 이유는 남에게 휘둘리지 않는 삶을 살기 때문이고, 가짜가 눈치 보며 사는 이유는 남의 인정을 받기 위해 애쓰는 삶을 살기 때문입니다. 만일 굳게 닫힌 문이 자신을 지키기 위한 것이라면, 작은 틈이라도 남겨주세요. 나중에 후회할지라도 지금 겪고 느끼는 감정들은 결국 하나로 엮여 큰 교훈을 얻게 될 것입니다.

조금 긁혔다고 장독대가 깨지진 않습니다. 깨지면 또 어떻습니까? 물속에 넣어 다시 가득 채우면 그만이죠. 당신도 무너지면, 더 좋은 사람으로 가득 채우면 됩니다. 인생사 새옹지마라는 말이 있듯이, 좋은 일이 있으면 나쁜 일도 있고, 나쁜 일이 있으면 좋은 일도 있는 것이 세상의 이치입니다. 많은 걱정으로 좋은 기회조차 놓치지 않았으면 합니다. 일일이 자신을 지키려 한다면 그 어떤 것도 지킬 수 없습니다.

혼자 세상을 꿋꿋이 살아가는 모습은 멋지게 보일지 모르지만, 좋은 사람을 만나는 것은 평생 숙제로 남을 것입니다. 만약 지금 인생이 너무 고달프다면, 그것은 빈틈이 없어서일지도 모릅니다. 당신에게 조금이라도 다가갈 수 있는 틈을 남겨주세요.

• *Today's Quote*

"내가 모든 사람을 좋아할 수 없듯이 모든 사람이 나를 좋아할 수 없다. 그러니 이것만 명심하자.
다가오는 인연은 막지 말고 떠나가는 인연은 잡지 말자."

나를 지키는 예의

요즘 세상에서 나 하나 살아가는 것만으로도 벅차다는 생각이 자주 듭니다. 그래서인지, 남에게 기죽지 않으면서도 예의를 지키는 것이 얼마나 중요한지 새삼 깨닫게 됩니다. 타인과 적절한 선을 지키며 살아가기 위해서는 남을 향한 예의도 필요하지만, 나 자신을 지키는 예의 또한 중요합니다.

나를 지키는 예의란 이런 것입니다. 나를 힘들게 하면서까지 남에게 지나치게 예의를 차리지 않는 것, 나를 좋아하지 않는 사람들에게 잘 보이려고 애쓰지 않는 것, 그리고 나를 도구로 생각하는 사람들로부터 과감히 멀어지는 것입니다. 그렇게 함으로써 나를 소중히 여기지 않는 사람들에게 귀한 시간을 허비하지 않을 수 있습니다. 나를 힘들게 했던 사람들과 기꺼이 거리를 두고, 마음이 맞는 사람들과 함께 행복하게 지낼 수 있게 되는 것이죠.

그렇다고 인생의 방향을 타인과의 행복에만 맞추기보다는, 내가 어려운 상황에서도 담담히 대처할 수 있는 사람이 되려고 하는 것이 더 실질적인 도움이 됩니다. 혹시라도 걸러내지 못한 부정적인 영향을 받게 된다면, 나 또한 그에 물들기 마련입니다. 그렇게 되면 나의 마음도 좁아지고, 작은 일에도 화를 내며, 말에 가시가 생기게 되죠.

더 나은 삶을 위해서는 그런 사람들과 멀어지고, 좋은 사람들과 함께하는 것이 중요합니다. 잔잔하지만 올바른 선을 지키며, 험한 상황에서도 다정한 말로 분위기를 따뜻하게 만들 줄 아는 사람들처럼 말입니다. 자신을 지키지 못하면서 타인을 지켜주려는 것은 과도한 배려일 뿐입니다. 먼저 자신을 돌보세요. 내가 힘들면 타인에게 따뜻한 말을 전할 수 없고, 내 몸이 아프면 오히려 민폐를 끼치게 됩니다. 먼저 자신을 돌보고, 그 후에 마음껏 베풀 수 있기를 바랍니다.

우리의 인생은 행복을 느끼는 시간보다 힘든 시간을 견뎌야 할 때가 더 많습니다. 그 힘든 시간을 유유히 지나칠 수 있는 사람이라면, 결국 타인과도 잔잔한 행복을 누릴 수 있게 될 것입니다.

"준비도 안 됐으면서 무작정 잘하려다,
'애는 착해'의 그 '애'가 되지 마세요."

냉정하고 정이 없는 사람

가끔 사람들과 잘 어울리다가도 난감한 상황이나 뭔가를 확실히 해야 할 때, 누구보다 냉정하고 객관적으로 돌변하는 사람이 있습니다. 이들을 보면 "사람이 어떻게 저렇게 정이 없지?"라는 생각이 들 정도로 선을 긋곤 합니다. 이런 모습에 다소 당황할 수도 있겠지만, 이들의 속내를 들여다보면 그럴 만한 이유가 있습니다. 절대 배신하지 않을 거라 믿었던 사람에게 사기를 당했거나, 친구라 굳게 믿었던 사람이 뒤에서 자신을 욕했거나, 평생 함께할 줄 알았던 애인이 바람을 피웠던 경험을 이미 겪었기 때문입니다.

이런 시련을 겪고 나니, 더 이상 감정 소비를 하고 싶지 않아서 관계에서는 딱 잘라 대하게 된 것이죠. 이들도 처음에는 진심이었을 것이고, 그만큼 상처도 깊었을 겁니다. 경험은 나를 더욱 단단하게 만들어 주지만, 상처는 자주 받는다고 익숙해지는 것이 아닙니다. 몸에 난 상처는 약을 바르면 낫지만, 마음의 상처는 그럴 약이 없기 때문이죠. 그렇게 좋지 않은 감정들이 쌓이다 보니, 이들은 현실에 최선을 다하되 떠나보낼 때는 과감하게 보내자고 결심했을 겁니다.

아무리 미련 없이 관계를 끊는다고 해도, 그들이 사람을 우습게 본다고 생각하지는 말아야 합니다. 이미 누구보다도 아픔을 잘 알기에, 같은 아픔만큼은 전하고 싶지 않았을 테니까요. 그래서 더더욱 냉정하게 대했을 겁니다. 그들의 냉정함에는 세심한 배려가 섞여 있습니다. 좋은 말을 해주려 하기보다는 상처 주지 않는 말을 하려고 노력했고, 좋게 보이려고 하기보다는 진실된 사람이 되려 했을 겁니다. 차갑지만 따뜻하고, 날카롭지만 다정한 진심을 보여주고자 했겠죠.

어쩌면 이런 진심을 품고 있는 사람들에게 '츤데레'라는 별명이 붙은 이유일지도 모릅니다. 사람이 까칠하고 예민하다고 해서 그 사람이 나쁜 것은 아닙니다. 사람을 알아갈 때는 그 사람의 진심을 볼 줄 알아야 합니다. 그렇지 못하면 좋은 사람은 떠나보내고, 나쁜 사람을 끌어들이는 인복 없는 사람이 될 수도 있습니다. 항상 말에 휘둘리기보다는 상황과 말의 의도를 잘 파악할 줄 아는 사람이 되어 보세요.

• *Today's Quote*

"인간관계에서 유난히 상처를 많이 받는 사람은
대개 이해심이 많은 사람입니다.
이것저것 다 이해하려다 보면
결국 사람에 대한 벽이 느끼게 될 겁니다.
나를 흔들 사람이 아니라면, 굳이 이해하려 들지 마세요."

무너질 때 다짐할 것

무너질 때는 무너지더라도 사람답게 살아봅시다. 지킬 건 지키며 살자는 말입니다. 편한 방법이 있다고 남을 힘들게 하면서까지 잘살아 보려 한다면, 믿기지 않겠지만, 그 업보는 결국 쌓여서 돌아오게 마련입니다. 처음에는 이상하리만큼 당당해 보일지 모르고, 뒷모습마저 가벼워 보일 수 있습니다. 그러나 방법이 불순하다면, 결국 제 걸음에 꼬여 넘어지게 될 겁니다. 옛말 틀린 것 하나 없습니다. 콩 심은 데 콩 나지 팥이 나지 않습니다. 뿌린 대로 거두게 되니, 쉬워 보인다고 여태껏 힘들게 쌓아온 것들을 무너뜨리지 않았으면 좋겠습니다.

아무리 흰 백지라도 때 묻은 손으로 만지면 결국 더러워지게 마련입니다. 반대로 아무리 더러워진 백지라도 정성 어린 마음으로 그려내면 작품이 될 수 있습니다. 잘살아 보겠다고 발버둥 쳐도 안되는 것을 억지로 때를 묻힌다고 세상이 그리 쉽게 도와주지 않습니다. 조금 힘들더라도 정직함을 잃지 말고, 남을 시기하거나 비교하지 말고, 자신의 길에 집중해 봅시다. 잘됐을 때의 나도 사랑할 줄 알려면, 있는 그대로의 나를 먼저 사랑할 줄 알아야 합니다.

자신의 상황에 만족하지 못하고 남을 해치면서까지 모든 것을 움켜쥐려는 마음은 욕심을 넘어서 탐욕입니다. 때로는 손해도 보고, 잃어보기도 하면서 다시 찾는 기쁨을 누리는 것이 삶의 가치입니다. 급하면 서두르지 말고 잠시 멈춰보세요. 초조한 마음이 신호를 무시하고 달리면 사고가 나는 겁니다. 신호에 맞춰 기다리다 보면, 가기 싫어도 가야 하는 순간이 올 테니까요. '급할수록 돌아가라'는 말은 편하게 가라는 뜻이 아니라, 그만큼 신중해지라는 의미입니다. 오늘 할 수 없으면 내일로 미뤄도 괜찮습니다. 그러니 무너질 때는 무너지더라도 나를 잃어가면서까지 살지는 맙시다.

• *Today's Quote*

어느 날 갑자기 착한 사람이 되거나
나쁜 사람이 되는 사람은 없습니다.
딱 한 번의 합리화가 시작이 되고,
두세 번의 합리화가 무감각을 만드는 거예요.

객관식 감정

어른이 되기까지 정답을 맞추며 살아왔다고 해서, 감정마저 객관식으로 답하면 안 됩니다. 눈물이 날 만큼 슬픈 날 "괜찮냐"는 질문에 1번 '괜찮다'를 선택한다면, 마음은 잠시 편해질지 몰라도 당신의 진짜 감정은 슬픔을 끌어안고 있게 되는 겁니다. 그렇게 억눌린 감정은 결국 마음을 더 불편하고 혼란스럽게 만듭니다. 뻔한 대답 대신 슬프면 슬프다고, 힘들면 힘들다고 솔직하게 표현해야 합니다. 그동안 솔직하지 못해 표현하는 것이 낯설게 느껴지더라도 그것은 잘못된 것이 아니라 자연스러운 표현이라는 것을 기억해야 합니다.

자신의 감정을 받아들이고 인정해야 슬픔 속에서도 행복을 느낄 수 있고, 우울함 가운데서도 기쁨을 찾을 수 있습니다. 부정적인 감정을 억누르지 말고, 그 안에서 긍정적인 힘을 찾는 것이 중요합니다. 하지만 자신의 감정을 모른 채 지내다 보면, 감정을 주

왜 당신의 행복을 남에게서 찾는가

체적으로 조절하는 변화를 경험할 수 없습니다. 만약 감정을 제대로 이해하지 못하고 자책하기만 한다면, 마음은 점점 좁아지고 솔직한 마음을 어떻게 표현할지 몰라 떼쓰는 사람이 되며, 원인도 모른 채 매일을 무기력하게 살게 됩니다.

　나의 감정을 완전히 위로할 수 없을 때도 있지만, 그 감정에 속아 넘어가서는 안 됩니다. 예를 들어, 속상함을 짜증으로 오해해 나를 아껴주는 사람들에게 짜증을 내거나, 힘듦을 싫음으로 오해해 이별을 만드는 것처럼 말이죠. 불명확한 감정들은 가까운 사람들에게 상처를 줍니다. 외적인 문제는 돈이나 사람으로 해결할 수 있지만, 내적인 문제는 그 무엇으로도 해결할 수 없습니다. 그러니 사소한 감정일지라도 조심스럽게 다뤄보고, 때로는 가볍게 건드리며 자신의 감정을 솔직하게 표현해 보세요. 자신의 감정을 솔직하게 표현할 줄 아는 사람은, 더 매력적인 사람으로 다가오게 될 것입니다.

"감정이 인성이 되지 않도록,
오늘이 나에게 가장 솔직하고
당당한 하루가 되기를."

걱정이 태산이겠지만

생각보다 사람을 만나는 것을 어려워하는 사람이 있습니다. 어떻게 친구를 사귀어야 할지, 무슨 말을 해야 할지, 다가가고 싶지만 왜 그리 어려운지 고민이 가득한 사람들이죠. 머리를 굴리는 소리가 들릴 정도로 이런저런 걱정이 많겠지만, 초조한 마음에 아무 말이나 내뱉지 않는 것이 중요합니다. 빨리 친해지고 싶은 마음은 이해되지만, 상대방의 속도도 고려해야 함께 오래갈 수 있습니다. 억지로 애쓰지 말고, 마음을 편하게 가지려 애써보세요.

사람과의 관계를 새끼 고양이를 만나는 일에 비유해 보면 어떨까요? 귀여운 고양이를 보자마자 갑자기 꽉 끌어안으면 도망가겠죠. 간단한 소시지, 유혹의 츄르, 가벼운 쓰다듬기처럼 천천히 다가가는 겁니다. 이렇게 조금씩 마음을 표현하면 새끼 고양이도 챙겨주는 걸 알아보고 다가옵니다. 사람도 마찬가지죠. 뭐든지 꾸준하게 하면 안 될 건 없습니다. 하나둘씩 마음을 표현하다 보면 상대방도 알게 됩니다.

처음부터 완벽하게 잘하려고 하지 말고, 시행착오를 겪으면서 사람을 대하는 법을 배워가면 좋겠습니다. 지금까지 어색함에 다가가지 못했다면 이제라도 배워가면 됩니다. 누구나 실수도 하고, 잘못도 하면서 살아갑니다. 중요한 것은 노력했다는 사실이겠죠. 그렇게 뻗은 손에 뜻밖의 행운이 찾아올 수도 있습니다. 하지만 들뜬 마음으로 기대하기보다는, 오늘 한 걸음 나아간 것에 기뻐하기로 해요. 보폭을 늘린다고 해서 상대방의 마음을 빠르게 얻을 수 있는 건 아니니까요. 오늘 한 걸음 나아간 자신에게 칭찬을 건네세요. 내일도 내가 도망가지 않고 다가갈 수 있게 말이죠. 그러다 보면 분명 좋은 사람이 오고, 좋은 일이 생길 거예요. 누군가와 친해지고 싶어 하는 마음은 순수함을 품은 사람들만 가질 수 있으니까요.

왜 당신의 행복을 남에게서 찾는가

• *Today's Quote*

"사람이 친구를 사귀는 데는 분명한 과정이 하나 있습니다.
그것은 매번 오랜 시간 동안 이야기를 나누고,
상대방의 이야기를 들어주는 것입니다."
-레베카 웨스트-

알고 보면 정말 강한 사람

요즘 '착하다'는 말이 약하고 여린 사람을 순화해서 부르는 말로 오해를 사곤 합니다. 아마도 착한 사람들을 이용하는 미성숙한 사람들 때문일 겁니다. 그래도 저는 착한 사람이야말로 정말 강한 사람이라고 생각합니다. 자신보다 타인을 먼저 챙기는 마음은 귀찮고 번거롭더라도 타인을 위해 감수하려는 용기이고, 타인의 잘못을 감싸줄 수 있는 마음은 다른 이들의 눈총에도 흔들리지 않는 곧은 신념이기 때문입니다.

때로는 고지식해 보여 답답할 때도 있지만, 이런 착함이 좋습니다. 별일 아닌 것 같아도 세상을 더 따뜻하게 만들고, 밋밋한 입가에 미소를 짓게 만듭니다. 물론, 아무도 하지 않는 일을 혼자 나선 강인함을 오지랖이라며 무시당할 때도 있지만, 그래도 그런 사람이 좋습니다. 세상은 착하고 선한 사람보다 그렇지 않은 사람이 살기 더 편하게 되어 있고, 누군가에게 배려하고 존중하기보다는 이기적으로 사는 것이 더 쉬운 구조이지만, 그것에 굴복하지 않고 꿋꿋이 모든 것과 싸워온 사람은 누가 뭐래도 강한 사람입니다.

그보다 더 강한 사람은 착함을 지속하는 사람입니다. 나쁜 것을 지속하는 것은 쉽지만, 선행을 지속하는 것은 결코 쉽지 않기 때문입니다. 이들은 보이지 않는 투쟁을 하며 열심히 싸워온 사람들이기에 존경스럽습니다. 자신의 상황이 어떻든 예쁜 마음과 따뜻한 말을 꾸준히 건네는 사람들입니다. 그러니, 이들이 지치지 않도록 우리도 조금씩 따뜻하게 살아가면 좋겠습니다. 매일 보는 사이는 아니어도 먼저 아침 인사를 건네고, 버스를 타고 내릴 때 기사님께 감사의 인사를 전하며, 어쩌다 마주친 이웃에게 따뜻한 인사를 건네는 건 어떨까요? 그렇게 하면 따뜻한 말들이 나비효과를 일으켜 세상의 온도가 조금 더 따뜻해질 겁니다.

또한, 그렇게 믿고 나아가는 이들 덕분에 작은 기적도 만들어질 수 있겠죠. 그런 따뜻함이 나의 말 한마디로 시작된다면 저 또한 얼마든지 하겠습니다. "오늘도 고운 마음으로 밝게 빛내 주셔서 감사합니다." 강한 당신에게 감사의 인사를 건넵니다.

• *Today's Quote*

옛날에는 자기주장이 강하고,

힘센 사람이 강한 줄 알았는데 아니었다.

이길 수 있으면서 져주고,

화낼 줄 알면서 웃어주는 사람이 진짜 강한 사람이었다.

약해서가 아니라 언제든 스스로의 감정을 통제할 수 있다는

여유에서 나오는 행동이었기 때문이다.

왜 당신의 행복을 남에게서 찾는가

티 내지 않는 사람

상처를 받았다고 티를 내면 좋으련만, 절대 그러지 않고 밝게 지내려 애쓰는 사람이 있습니다. 사람을 못 믿어서가 아니라, 자신의 고통을 남에게 전가하고 싶지 않아서죠. 이런 사람을 주위 사람들은 착하고 단단한 사람이라고 말할 겁니다. 그러나 그 단단한 외면과 달리 속은 누구보다 여린 사람입니다. 쉽게 상처받으면서도 분란을 피하고자 '나만 손해 보면 되지', '나만 상처받으면 끝나겠지'라는 마음으로 모든 걸 혼자 짊어지려 합니다. 하지만 냇물이 흐르지 않으면 썩듯이 사람의 마음도 마찬가지입니다. 속으로만 감추다 보면 결국 메말라 버리고, 그로 인해 어떤 속내가 드러나든 어떤 모습을 보이든 그 책임은 결국 자신이 져야 합니다.

의견을 말하다가 다툼이 생길까 두려워 감정을 숨기는 것은 결코 좋은 습관이 아닙니다. 조금 싸운다고 해서 사람은 쉽게 떠나지 않고요. 욕 좀 한다고 쉽게 무너지지 않습니다. 오히려 그런 상황에서 떠날 사람이라면, 차라리 미리 정리하는 게 낫습니다. 나 혼자만의 노력으로 유지되는 관계는 내가 손을 놓으면 끝나게 마련입니다. 그러니 쌓아온 관계를 잃을까 봐 두려워하기보다는, 표현해야 할 때는 표현하는 것이 좋습니다.

무작정 힘이 세다고 무거운 짐을 혼자 들고 가는 건 절대 오래 가지 못합니다. 혼자서 짐을 지는 것은 '배려' 같지만, 사실은 타인에게도 자신에게도 '사려'를 만들게 하는 일이기 때문이죠. 항상 같이 보폭을 맞추고, 마주 보며 지내세요. 혼자 사는 세상은 정말 외롭습니다. 기쁨은 나누면 두 배가 되고, 슬픔은 나누면 반으로 줄어든다고 합니다. 마음을 조금만 열면 행복해질 일이 더 많고, 슬퍼할 일은 더 적어집니다. 그러니 힘들면 티 좀 내자고요.

• *Today's Quote*

단단한 사람은 혼자서 다 끌어안는 사람이 아니라,
그럼에도 이겨내는 사람이다.

대화할 줄 아는 사람

침묵이 금이라고들 하지만, 꼭 말해야 할 순간에 침묵하는 사람이 있습니다. 침묵은 불필요한 말을 줄이고, 당당하고 올바른 말을 하기 위한 것이지, 불리한 상황을 피하기 위한 수단이 되어선 안 됩니다. 오해할 만한 행동을 했거나, 자기 잘못으로 누군가가 피해를 보았을 때, 또는 친구와 싸웠을 때 입을 닫는 행위는 비겁한 침묵에 속합니다. 잘못했다면 사과하는 것이 옳고, 오해로 갈등이 생겼다면 대화를 통해 푸는 것이 맞습니다. 아무 말 없이 상황을 흘려보내는 것은 관계의 끝을 의미하는 것이나 다름없기 때문입니다.

그래서 대화할 줄 아는 사람을 곁에 두는 것이 중요합니다. 여기서 '대화할 줄 안다'는 것은 단순히 잘잘못을 따지는 사람이 아니라, 자존심을 내려놓고 사과할 줄 아는 사람, 그리고 오해를 대화로 해결할 줄 아는 사람을 의미합니다. 그저 화풀이하는 사람의 말을 용기로 착각해 품어주다 보면 그런 관계는 계속 이어지기 마련이니, 이성적으로 대화할 줄 아는 사람이어야 합니다. 우울해 보이는 표정을 보고 무슨 일이 있냐고 물어봐 주고 다툰 후에는 먼저 연락해 자신의 상황이 어땠는지, 얼마나 서운했는지 차근차근 말할 줄 아는 사람입니다.

이들은 자신의 감정을 털어놓는 것 같아도 사실은 대화를 통해 해결하고 싶다는 의지를 보이는 것이며, 상대가 솔직한 마음을 들어도 떠나지 않을 거라는 믿음에서 그 대화를 시작한 것입니다. 반면에, 당신을 감정 쓰레기통처럼 여기고 절제되지 않은 말을 쏟아내는 사람이라면 그 말을 들어줄 필요는 없습니다. 그런 사람은 대화할 줄 아는 사람이 아니라, 단지 화풀이하는 사람일 뿐입니다.

말해야 할 때 침묵하는 것은 자신의 불리한 상황을 숨기기 위한 것이고, 하지 말아야 할 때 말하는 것은 상대에게 결례를 범하는 것입니다. 주위에 성내지 않고 자신의 마음을 차분하게 표현할 줄 아는 사람을 두세요. 그렇지 않으면 어느 날 갑자기 말도 없이 관계가 끊기거나, 갑작스러운 막말로 상처받을 수 있습니다. 더 나은 관계를 유지하고 싶다면 상처 주는 말이 아닌 배려가 담긴 대화를 할 줄 아는 사람과 함께하는 것이 중요합니다.

"사람을 침묵시켰다고 해서
그의 마음을 변화시킨 것은 아니다."
-존 모리-

그럼에도 불구하고

목표를 향해 열심히 살아가다 보면 누구나 '슬럼프'라는 고뇌의 시기를 겪게 됩니다. 아무리 최선을 다하겠다고 다짐해도 무기력함에 빠지거나 재미를 잃을 때가 있죠. 이럴 때일수록 "괜찮아, 이 정도면 많이 노력했어" 같은 가벼운 말들로 자신을 다독여야 합니다. "이런 말들이 과연 상황을 바꿀 수 있을까?"라는 의구심이 들 수도 있겠지만, 말은 몸을 움직이게 하고, 몸은 마음을 움직이게 하므로 그 순간을 이겨낼 힘을 줍니다.

포기하지 않는다면 언젠가는 자신의 시간이 찾아오는 것은 변치 않는 법칙입니다. 이 법칙을 증명하려면 매일 완벽하게 해내기보다는 '그럼에도 불구하고'라는 마음으로 작은 하나라도 이루는 것이 중요합니다. 그 작은 행동이 하루를 만들고, 그 하루가 내일을 만들어가며, 결국 목표를 이루게 만드는 것이니까요. 슬럼프가 찾아왔다고 포기하는 것은 간절함의 차이에서 옵니다. 정말 간절하다면 하루 정도 쉬더라도 다시 일어설 수 있고, 며칠 못 해도 어떻게든 해내게 되어 있습니다.

하지만, 이런 간절함에도 나를 초라하게 만드는 순간이 있습니다. 바로 일이 원하는 대로 풀리지 않을 때입니다. 이럴 때는 산을 떠올려 보세요. 여름에는 푸른 나뭇잎으로, 가을에는 붉은 단풍으로, 겨울에는 하얀 눈으로 사람들을 매혹합니다. 산은 햇볕이 아무리 뜨거워도, 겨울이 아무리 추워도 그 자리에 우뚝 서서 자신의 존재감을 드러내고 있죠. 그러다 보니 계절에 따라 자연스럽게 자신의 아름다움을 뽐낼 수 있는 것입니다. 지금 당장 힘들어 보이더라도 남과 비교하지 않고 묵묵히 자신의 길을 가다 보면, 언젠가는 당신만의 색을 마음껏 드러낼 날이 올 것입니다.

너무 걱정하지 마세요. 걱정이라는 것은 생각하면 할수록 점점 커지는 것입니다. 작은 걱정이 생길 때마다 "이 정도면 충분해"라는 말로 마음을 다독이며 조급함을 떨쳐내세요. 당신의 색은 아직 드러나지 않았을 뿐입니다. 아름다운 사계절을 만끽하다 보면, 분명 당신의 시기가 찾아올 것입니다.

"꽃이라고 다 같은 시기에 피지 않습니다.

봄에는 개나리가 피고,

가을에는 코스모스가 피며,

겨울에는 동백꽃이 핍니다.

모든 것에는 이치와 시기가 있듯이,

사람도 자신만의 피어나는 시기가 있습니다.

포기만 하지 않는다면요."

나라면 안 그랬을 텐데

"'나라면 안 그랬을 텐데'라는 생각은 사람을 싫어하게 만드는 시작점이 될 수 있습니다. 사고방식이 다르기에 나는 그렇게 하지 않겠지만, 저 사람은 그렇기 때문에 이해할 수 없게 되는 것이죠. 일상에서도 나와 맞지 않는 사람들을 자주 만나게 됩니다. 그들과 어울리다 보면 스트레스를 받아 정작 해야 할 일을 놓칠 때도 있습니다. 이런 상황이 반복될 때마다 스트레스를 쌓고 불평만 한다면, 하루하루가 점점 지옥처럼 느껴질 수밖에 없습니다.

내가 좀 더 행복하게 살기 위해서는 나와 다른 점들을 인정하고, '그러려니' 하는 마음가짐을 가져야 합니다. 세상엔 분명 이상한 사람들도 있겠지만, 함께하려 하기보다는 공존하려는 마음을 가지라는 뜻입니다. 신기하게도, 나와 맞지 않는 것을 존중하기 시작하면 마음이 한결 가벼워집니다. 예민함은 섬세함으로, 욕심은 의욕으로, 냉정함은 객관성으로 보이게 됩니다. 모든 것에는 장단점이 있기에, 맞지 않는 점을 피하기보다는 편안하게 받아들이는 것이 중요합니다.

나와 같은 생각이나 행동을 하지 않는다고 해서 그 사람이 틀린 것은 아닙니다. 그들 역시 그들만의 인생을 살아가고 있기 때문이죠. '나라면 안 그랬을 텐데'라는 생각은 어쩌면 오만한 마음일지도 모릅니다. 같은 상황을 겪어보지 않고서는 그들의 선택을 쉽게 판단할 수 없고, 어쩌면 나도 그 상황에 처했을 때 같은 결정을 내릴 수도 있습니다. 사람 일은 아무도 모르는 법이니까요. 타인의 상황을 보고 윤리적인 우월감을 느끼기보다는, 내가 그런 시험을 겪지 않았음에 감사하는 마음을 가지는 것이 더 현명한 자세입니다.

부정적인 생각이 들 때는 그 생각 자체를 부정적으로 바라볼 줄도 알아야 합니다. 항상 부정적인 생각이 정말 타당한지 스스로에게 묻다 보면, 인생의 걱정이 절반쯤 줄어들게 될 겁니다.

왜 당신의 행복을 남에게서 찾는가

누군가에게 부정적인 생각이 들 때
'나라면 안 그럴 텐데.'라는 생각보다는
'그게 네 삶의 방식이구나, 재밌게 사네.'라고
생각하는 것이 훨씬 인생을 살 맛 나게 합니다.

내가 너무나도 미울 때

가끔 나 자신이 너무 초라하고 미울 때가 있습니다. 제대로 할 줄 아는 것도 없고, 특별한 재능이 없다는 생각이 들며, 평범한 자신이 너무 지긋지긋할 때 말이죠. '평범함'이라는 단어는 참 애매합니다. 대단한 것에 평범함을 붙이면 왠지 쓸모없어 보이고, 좋지 않은 것에 평범함을 붙이면 다행스럽게 느껴지거든요. 그래도 내가 초라해 보일 때는 세상에 가치 없는 것은 없다고 하니, 이왕이면 '다행인 평범함'이라고 생각해보세요.

인생이 지치고 힘들 때는 하염없이 위만 바라보기보다는 조금 비겁하게라도 아래를 내려다보는 게 필요할 때가 있습니다. 건강이 좋지 못한 사람, 형편이 어려운 사람, 가족과의 관계가 좋지 못한 사람을 생각해 보세요. 혹은 저 먼 아프리카의 어려운 상황을 떠올려 보아도 좋습니다. 그렇게 자신보다 더 힘든 사람들을 떠올려 보면 생각보다 내가 가진 것이 많고, 잘살고 있음을 느끼게 될 겁니다.

자신이 힘들 때 잘나가는 사람들과 자신을 비교하는 것은 자신의 과정과 남의 전성기를 비교하는 것과 같습니다. 할 줄 아는 게 별로 없다고 해서 스스로를 괴롭히지 마세요. 자꾸 자책하다 보면 그 시간이 길어질수록 말이 씨가 되어 결국 뇌가 그 생각을 '사실'로 믿게 됩니다. 그러면 실수할 때마다 '나는 안 되는 사람인가 보다'라는 자기혐오가 생기게 됩니다. 그렇게 되면 누군가가 예쁘다고 말해도 비꼰다고 생각하고, 잘한다고 하면 기 살려주려고 칭찬한다고 의심하게 되죠. 그렇게 어떠한 칭찬도 받아들이지 못하고, 결국 혐오했던 자신과 똑같은 삶을 살게 됩니다.

누군가 나에게 욕을 했을 때 내가 그 욕을 받아들이지 않으면, 그 말은 내 것이 되지 않습니다. 그러나 칭찬도 내가 받아들이지 않으면 내 것이 되지 못합니다. 조금 부족해도 스스로에게 잘했다고 말해도 됩니다. 좀 더 못해도 '괜찮아'라고 되뇌어도 됩니다. 그러다 보면 안 될 일도 되고, 좋지 않았던 일도 좋아질 겁니다. 누가 뭐래도 당신은 충분히 사랑받을 자격이 있으니, 너무 자책하지 말고 더 행복하게 살아가세요.

• *Today's Quote*

<멘탈 약한 사람들이 강해지는 법>

1) 타인이 나를 칭찬을 할 때 '아닙니다.'보다는
   '감사합니다.'라고 받아들일 것.
2) 과거의 자신을 용서해 줄 것.
3) 필요한 도움을 부끄러워하지 말 것.
4) 위기를 차분히 대할 것.
5) 쓸데없는 곳에 에너지를 낭비하지 말 것.
6) 자신의 IQ가 300 이상이 아니면,
   스스로에게 완벽을 요구하지 말 것.

왜 당신의 행복을 남에게서 찾는가

존중하려다 쉬운 사람이 되지 말자

유독 질타나 막말을 자주 듣는 사람들이 있습니다. 이는 괴롭힘과 무례함으로 나눌 수 있는데 만약 그 행동이 괴롭힘이 아니라 단순히 무례한 것이라면, 자신을 돌아볼 필요가 있습니다. 대부분의 말과 행동에는 이유와 근거가 있습니다. 내가 만만하게 행동하면 다른 사람도 나를 만만하게 보고, 내가 멍청하게 행동하면 타인도 나를 그렇게 보게 됩니다. 따라서 내가 어떻게 행동하고 말하는지 돌아볼 필요가 있습니다.

만약 누군가가 나에게 무례하게 대할 때, 나의 태도가 강하고 단호하다면 상대방은 나를 우습게 여기지 않을 것입니다. 사람들은 대개 처음 만남에서 상대방을 평가하지 않고, 시간이 지나면서 상대방에게 반복적으로 무례한 행동을 하거나 자신이 우위에 있다고 느낄 때 그러한 태도를 보이기 시작합니다. 그래서 나에게 상처를 주거나 무례한 말을 하는 사람에게는 결코 웃어넘기거나 쉽게 용서해서는 안 됩니다. 젊다면 더욱 단호하게, 나이가 많다면 더욱 강경하게 대처해야 합니다. 내가 나를 아끼고 존중하는 모습을 보여주면, 다른 사람들도 나를 존중하려고 할 것입니다.

타인을 존중하려다가 쉽게 보이지 말라는 말입니다. 타인을 먼저 배려하기보다는 자신을 먼저 배려하고 아껴보세요. '아는 만큼 보인다'는 말처럼, 내가 나를 존중하고 배려할 줄 알면 상대방도 나를 더 존중하고 배려하게 됩니다. 기본적으로 나를 대하는 태도에서 타인도 나를 판단하게 마련입니다. 내가 나를 존중하는 태도를 보이는 순간 타인도 자연스럽게 그에 맞춰 나를 존중하고 소중히 여길 것입니다.

• *Today's Quote*

> 존경을 받는 것은 타인의 관점에 의해 결정되지만,
> 존중을 받는 것은 나의 태도에 달려있다.

왜 당신의 행복을 남에게서 찾는가

완벽하다는 건

완벽하다는 것은 모든 요소가 조화롭게 맞아떨어질 때 가능합니다. 마치 노래에서 시작과 끝이 있고, 그 안에서 박자와 음이 정확히 맞아야 완벽한 곡이 되는 것처럼 말이죠. 인간관계도 완벽해지려면 모든 것이 잘 맞아떨어져야 합니다. 친구 관계라면 상대방이 잘 지내고 있는지, 아픈 곳은 없는지 한 번쯤 돌아봐야 하고요. 연인 관계라면 내가 상대방의 사랑을 잘 받고 있는지, 상대방이 나의 사랑을 잘 느끼고 있는지 점검해 봐야 합니다. 그래야 엇박자가 나지 않고 조화롭게 관계를 맞춰 갈 수 있습니다. 그렇지 않으면 잘 지내고 있다고 생각했던 관계가 한순간에 무너질 수 있습니다.

인간관계에서 '잘 맞아떨어진다'는 것은 일회성의 완벽함을 말하는 것이 아닙니다. 그것은 지속적인 상호작용과 성장, 그리고 서로에 대한 깊은 이해와 존중이 어우러진 상태를 뜻합니다. 각자의 다른 배경과 성격을 이해하고, 함께 문제를 해결하며, 서로의 차이를 수용하는 것이 인간관계의 진정한 완성도라고 할 수 있겠습니다.

하지만 아무리 잘 맞춰 왔다고 해도, 예상치 못한 이별을 경험할 때가 있습니다. 이것은 우연이 아니라 어느 순간부터 생겨난 균열의 결과일 가능성이 큽니다. 끝을 함께 하고 싶어 정도 주고 마음도 주었지만, 상대방이 그만한 깊이로 따라오지 못했기 때문에 벌어진 일이죠. 그래서 빠르게 가기보다 신중하게 가는 것이 중요합니다. 백 번 잘해줬는데 한 번 실수해서 떠난 게 아니라, 그 관계의 깊이가 부족했기 때문에 떠난 겁니다.

서로 신중하게 쌓아온 마음은 뿌리가 깊숙이 내려 있어 강한 바람이 불어도 흔들릴 수는 있지만 쉽게 쓰러지지는 않습니다. 어떤 일이든 갑자기 일어나는 일은 없기 때문에 중간중간 관계를 돌아보고 살펴보며 함께 같은 마음으로 나아가고 있는지 점검하는 시간이 필요합니다. 그러나 함께 맞춰가지 못했다고 해서 좌절할 필요는 없습니다. 그때의 선택은 그 순간 최선의 선택이었을 테니까요.

지난날은 잊고, 앞으로 더 밀도 있는 관계를 만들어가세요. 후

회했던 과거의 순간도 결국 당신의 행복한 인생을 위한 하나의
완벽한 과정입니다.

• *Today's Quote*

몇 년을 알고 지내도 어색한 사람이 있고
겨우 몇 번을 봤는데도 편안한 사람이 있다.
관계는 기간이 아니라 가치다.

말만 예쁘게 해도 인생이 달라진다

말 한마디라도 정말 예쁘게 하는 사람이 있습니다. 화가 나거나 슬픈 상황에서도 그들과 대화를 나누면 단순한 위로를 넘어 마음 깊숙이 어루만지는 느낌을 받죠. 보통 '말을 예쁘게 한다'고 하면 재능이라고들 하지만, 말은 마음을 비추는 거울과도 같아서 예쁜 마음을 품고 있기에 예쁜 말을 할 수 있는 것입니다. 반대로 거친 마음을 품으면 거친 말이 나오고, 짜증이 가득하면 짜증 섞인 말만 나오는 법이죠.

말을 예쁘게 하는 사람들은 자신의 기분이 좋지 않더라도 화를 내기보다 스스로를 다독이며 상대방을 배려합니다. 기본적인 말 한마디에도 특별한 의미를 담습니다. 예를 들어, "힘내"라는 단순한 말 대신 "너 정말 잘하고 있어"라고 말해주고, "잘했네"라는 딱딱한 말 대신 "정말 많이 노력했겠다, 수고했어"라며 진심을 전합니다. 또한 "어떻게든 되겠지"라는 건조한 말 대신 "듣는 나도 힘든데, 너는 얼마나 더 힘들었겠어"라고 상대의 마음을 녹여주죠.

이들은 선천적으로 예쁜 마음씨를 가졌다기보다는 자신의 기분이 행동으로 드러나지 않도록 조심하고, 말하기 전에 한 번 더 생각하는 습관을 들인 것입니다. 나쁜 생각이 떠올라도 긍정적인 생각으로 마음을 다스릴 줄 알기 때문에 올곧은 마음을 지니게 되고, 누구보다도 예쁜 말을 하게 됩니다. 이런 사람들은 정직하고 믿음직스러워 언제든 의지할 수 있으며, 뛰어난 공감 능력 덕분에 마음을 열게 합니다.

요즘처럼 이기적인 사람들이 넘쳐나는 세상에서 예쁜 말을 하는 사람은 점점 더 귀해지고 있습니다. 이제는 똑똑하고 잘난 사람보다 따뜻하고 배려 깊은 말을 할 줄 아는 사람이 더 존중받는 시대가 올 것입니다. 결국 예쁜 말이 이기는 법이니까요. 당장은 예쁜 말을 해도 눈에 띄는 보상이 없고, 착해빠진 사람으로 보일지도 모르지만, 예쁜 말은 돌고 돌아 결국 나에게 다시 돌아오게 됩니다. 그래서 말을 예쁘게 하는 법을 배우는 것이 중요합니다.

아무리 잘 챙겨줘도 말 한마디 잘못하면 사람을 잃을 수 있고,

평소에 별다른 관심을 주지 않더라도 울림 있는 한마디로 누군가 당신의 곁에 머물게 될 수 있습니다. 상대방의 비위를 맞추라는 것이 아니라, 자신의 품격을 높이라는 말입니다. 그렇게 예쁜 말로 자신의 품격을 높이다 보면, 어느 순간부터 주위 사람들이 당신을 대하는 태도가 180도 달라질 겁니다. 말 한마디로도 인생은 충분히 달라질 수 있습니다.

• *Today's Quote*

이런 예쁜 말을 생활화해 보세요.
누군가가 나에게 "바쁘신데 죄송해요"라고 말한다면,
"괜찮습니다"라는 단순한 답변보다는
"심심해서 곤란해하고 있었어요"라고 대답해 보세요.
상대방은 분명 미소를 짓게 될 것입니다.

독수리처럼 살아야 무섭게 성장한다

독수리를 유일하게 두려워하지 않고 공격할 수 있는 새는 까마귀라고 합니다. 지능이 높은 까마귀는 함부로 덤비지 않고 조용히 다가가 독수리 등에 올라타 독수리의 목을 조릅니다. 하지만 강한 독수리는 까마귀에게 목이 잡혔다고 해서 두려워하거나 에너지를 낭비하지 않습니다. 대신 날개를 펴고 최대한 높이 훨훨 날아오르죠. 독수리가 높이 날면 날수록 까마귀는 숨 쉬기 어려워지고, 결국 산소 부족으로 땅으로 떨어진다고 합니다.

우리의 인생도 독수리처럼 살아야 합니다. 나에게서 무언가 얻어가려는 간사한 사람, 필요에 따라 나를 이용하려는 졸렬한 사람, 무례한 말로 성장을 방해하는 질투 많은 사람, 남이 잘되는 꼴을 못 보는 야비한 사람들에게 일일이 대응하고 싸우기보다는 신경을 끄고, 자신의 성장을 즐기며 높이 날아오르면 됩니다. 그러다 보면 자신이 잘난 줄 알았던 까마귀 같은 사람들은 당신의 무관심과 단호함 그리고 지혜로움에 스스로 급의 차이를 느끼고 떨어져 나가게 됩니다.

물론 처음에는 지치고 힘들 수 있겠지만, 포기하지 않고 계속 나아가다 보면 누구보다 높이 날 수 있습니다. 그렇게 당신을 괴롭히던 사람들은 서서히 사라지고 진정으로 소중한 사람들과 나란히 자신만의 길을 걸어가게 될 것입니다. 타인의 말과 행동에 하나하나 반응하다 보면 스스로 할 수 있는 것조차 하지 못하게 됩니다. 정말로 멋진 인생을 살고 싶다면, 당신이 옳다고 믿는 길을 따라 날개를 펼쳐 높이 올라가 보세요. 당신이 충분히 높이 올라간다면, 그때는 누구도 함부로 당신을 비웃지 못할 것입니다.

• *Today's Quote*

누군가 나를 질투해 무시하고 괴롭힌다면
"역시 내가 잘난 탓인가?"라고 생각하고,
더 성공해서 비웃어 주자.
그게 최선이자, 최고의 복수다.

성공할수록 친구가 줄어드는 이유

성공을 향해 열심히 살다 보면 주변에 두 가지 유형의 사람들이 생기게 됩니다. 나를 질투하고 시기하는 사람과 진심으로 응원해 주는 사람. 아쉽게도, 전자의 부류에게는 "사람이 변했다"는 말을 적지 않게 듣게 됩니다. 사실 이 말은 반은 맞고 반은 틀립니다. 내가 성장할수록 관점과 생활 패턴이 바뀌기 마련이기 때문이죠. 이는 내가 변했다기보다는 상황이 바뀌었다고 보는 게 더 맞습니다. 만약 당신의 상황 변화에 적응하지 못하고 떠나는 사람이라면, 당신이 실패했을 때도 떠날 사람입니다.

"행복을 나눴더니 질투가 오고, 슬픔을 나눴더니 약점이 되었다"는 말이 있습니다. 즉, 내가 어떤 사람이든, 어떤 말을 하든 떠날 사람은 떠나고 남을 사람은 남는다는 것입니다. 인생이 잘 풀릴수록 친구가 줄어드는 것은 당신이 부족해서가 아니라, 어중간했던 관계들이 정리되는 과정입니다. 이 과정에서 사람들은 허전함을 느끼고 그 시기를 견디지 못합니다. 그래서 잠깐의 외로움에 여러 사람에게 연락을 하거나 지나간 인연을 돌아보며 괴로워하죠. 하지만 이 어려움을 조금만 버텨보세요. 정리되는 관계가 있는 만큼, 당신과 결이 맞는 좋은 사람들과의 새로운 관계도 생기게 됩니다.

그렇게 찾아온 사람들과 함께 더 큰 목표를 향해 행복하게 나아가면 됩니다. 어중간한 사람들과의 행복은 잠깐이지만, 진심인 사람들과의 행복은 오래갑니다. 진심인 사람은 당신의 좋은 일도 진심으로 축하해주기 때문이죠. 슬픔을 위로하는 사람보다 기쁨을 진정으로 축하해줄 수 있는 사람이 더 투명할 때도 있습니다. 슬픈 일은 누구나 안쓰럽게 여기며 위로할 수 있지만, 좋은 일에 대해 진심으로 축하해주는 사람은 많지 않으니까요. 사람들은 동정하기는 쉬워도 질투를 버리기는 어렵기 때문입니다.

가끔 헤어진 후에도 친구로 남아 잘 지내는 사람들도 있습니다. 당신과 평생 갈 인연이라면, 무슨 말을 하든 어떤 행동을 하든 쉽게 끊어지지 않고 껌딱지처럼 붙어 있을 겁니다. 그러니 지나간 인연에 너무 마음 쓰지 말고, 늘 하던 대로 뒷모습마저 당당하게 걸어가 보세요. 그렇게 당신과 결이 맞는 사람들과 함께, 당신만의 세상을 만들어가면 됩니다.

• *Today's Quote*

당연한 것에 '내가 이상한 건가?'라는
생각이 들게 하는 사람이랑은 만나지 마세요.

절대 매달리지 말아야 할 것들

1. 반응
2. 사람
3. 비교

▌1. 반응

타인의 반응에 자신을 좌지우지하지 말아야 합니다. 나의 기분이 들쑥날쑥한 날이 있듯, 타인의 기분도 그날의 온도, 습도, 상황에 따라 바뀌기 마련입니다. 아쉽게도 이는 내 권한 밖의 일입니다. 그 사람의 반응을 보고 "내가 뭘 잘못했지?", "내가 부족해서 그런가?"라는 생각은 오히려 나만의 상상을 만들어내어 좋지 않은 결과를 초래할 뿐입니다. 과도한 상상은 오해를 일으키고, 감정적인 상황을 만들게 됩니다.

누군가 나를 좋지 않게 생각한다고 해서 내가 나쁜 사람이 되는 것도 아니고, 나에 대해 좋게 생각한다고 해서 내가 좋은 사람이 되는 것도 아닙니다. 나의 행동을 타인의 반응에 너무 의미를 두다 보면, 결국 타인의 반응에 따라 나의 선택이 흔들리게 됩니다. 남들이 뭐라 하든, 내가 옳다고 믿는 길이라면 그 자리에서 최선을 다하면 그걸로 충분합니다. 물론 상대의 의견을 완전히 무시할 수는 없지만, 그들의 감정 변화에 따라 내 마음마저 흔들릴 필요는 없다는 것입니다.

중요한 것은 내가 나를 어떻게 대하느냐에 있습니다. 타인의 말과 행동이 때론 내게 상처를 줄 수도 있겠지만, 그럴 때일수록 나 자신을 더 믿고 지켜야 합니다. 내 선택이 타인의 반응에 휘둘리지 않는다면, 그 자체로도 충분히 단단해질 수 있습니다.

▮ 2. 사람

아무리 가깝고 친한 사이라도 상대에게 무언가를 기대하거나 바라면 실망하기 쉽습니다. 특히, 당연히 해줄 거라는 '믿음'과 이 정도는 할 거라는 '기대치'는 관계를 갈라놓는 가장 큰 요인이 됩니다. 사람은 누구나 자신만의 기준과 상황이 있기 때문에 우리가 기대하는 반응을 보이지 않는다고 해서 그 사람이 잘못된 것은 아닙니다.

중요한 것은 상대방이 아니라, 내 마음가짐입니다. 내가 정말로 상대를 생각하는 마음이 커서 무언가를 베풀었다면, 그것만으로 충분해야 합니다. 상대가 똑같이 되돌려주지 않더라도, 내가 주는 과정에서 느꼈던 기쁨을 충분히 즐길 수 있어야 합니다. 오로지 상대가 무엇을 해주길 바란다면, 상대방도 그것을 느끼게 됩니다. 그 순간 상대가 여유가 없거나 다른 중요한 일에 집중하고 있다면, 서로 차이를 느끼고 오히려 멀어지게 될 가능성이 큽니다.

사람에게 무언가를 바라고 매달리는 일은 결국 자신을 더욱 불행하게 만들 뿐입니다. 함께 무언가를 하고, 좋은 추억을 나누는 과정에서 행복을 찾아보세요.

▌3. 비교

서로 다른 환경에서 자란 사람을 비교하는 것은 그 자체로 어리석은 일입니다. 비록 비슷한 배경에서 자란 것처럼 보일지라도, 각자의 경험과 환경은 결코 같을 수 없습니다. 남과 자신을 비교하는 것은 마치 해와 달을 비교하며, 왜 같은 시간에 빛을 내지 않느냐고 묻는 것과 같습니다. 이처럼 남과의 비교는 불가능한 일을 따지는 것과 다름없습니다. 비교는 결국 나를 더 힘들게 하고, 내가 나아갈 길을 흐리게 할 뿐입니다.

달이 해에게 왜 아침에 빛을 내냐고 묻지 않듯, 해가 달에게 왜 밤에 뜨겁게 빛나지 않느냐고 묻지 않습니다. 각자 자신의 자리에서 맡은 역할을 충실히 할 뿐, 서로의 차이를 탓하지 않습니다. 해와 달처럼, 우리도 각자의 위치에서 자신만의 빛을 내며 살아가는 것이 중요합니다. 내가 빛을 내기 위해 남의 빛나는 시기나 빛의 강도를 일일이 따져볼 필요는 없습니다.

만약 내가 해 같은 존재라면 아침에 사람들에게 따뜻함과 힘을 줄 것이고, 달 같은 존재라면 밤길을 환히 비춰줄 것입니다. 그렇게 자신의 역할과 가치를 조금씩 알아가고, 그 빛은 자연스럽게 드러나게 됩니다. 남이 어떻게 빛을 내는가를 따지기보다는, 내가 내 자리에서 꾸준히 빛을 내는 것이 중요합니다.

당신은 당신만의 고유한 빛을 가지고 있습니다. 그.빛을 남과 비교하는 것은 어리석은 일입니다. 당신이 누구인지를 그 누구와도 비교하지 마세요.

• *Today's Quote*

시간이 지나면 모든 것이 잊힌다고들 하지만,
아픔 속에 있는 사람은 몇 년이 지나도
과거의 시간에 머물러 있게 됩니다.
그 사람은 여전히 그곳에서 살고 있으니까요.

왜 당신의 행복을 남에게서 찾는가

원하던 꿈은

언젠가는 자신이 꿈꾸는 삶을 살고 싶다는 원대한 꿈은 누구에게나 있을 겁니다. 하지만 인생을 살다 보면 빛만 있는 것이 아니라 어둠도 있다는 사실을 점점 더 깨닫게 됩니다. 대부분의 시간 속에서 우리에게 다가오는 것은 따뜻한 빛보다는 차가운 어둠일지도 모릅니다. 그럴 때마다 좌절감에 빠져 시작하지도, 포기하지도 못한 채 지루한 일상을 보내고 있다면, 한 번쯤 '안 해보고 후회하는 것보다 해보고 후회하는 게 더 나을 수도 있다'는 점을 생각해 보면 좋겠습니다.

인생에 그래프가 있다면 아무 변화 없는 평탄한 그래프를 가진 사람보다 들쑥날쑥한 변화를 경험한 사람이 삶의 만족도는 훨씬 높을 겁니다. 울기도 하고 웃기도 하며 많은 경험을 해 본 사람은 아프기도 했겠지만, 그만큼 행복을 느끼기도 했을 테니까요. 후회하더라도 일단 경험해 보는 것이 낫습니다. 모든 후회가 그저 후회로만 남지 않고, 나중에는 나를 성장시키는 귀중한 경험이 될 수 있기 때문입니다.

그렇다고 모든 것을 내려놓고 불명확한 길을 떠나라는 이야기는 아닙니다. 일상 속에서 실패도 하고, 성공도 하며 그로 인해 인생을 깨닫고, 자신의 힘으로 성취도 해보는 것입니다. 포기하지 않고 끝까지 해내는 그 경험이 바로 진정한 성장이죠. 물론 한계에 부딪혀 힘들고 포기하고 싶을 때도 있겠지만, "이 또한 지나간다"는 마음으로 버텨보세요. 그러다 보면 어느새 누구보다 멋진 자신을 발견하게 될 겁니다.

원하는 꿈을 이루기 위해 필요한 자세는 눈치 보지 않고 행동하는 '실행력'과 어떠한 벽을 마주해도 끝까지 해내는 '꾸준함'입니다. 아무리 힘들어도 꿈을 향해 하루 0.1cm라도 나아가는 발걸음이 결국, 당신의 꿈을 현실로 만드는 길이 될 것입니다.

• *Today's Quote*

"꿈은 도망가지 않아.
도망가는 건 언제나 자기 자신이지."
-짱구는 못 말려, 심형만-

알면서도 그랬겠지만요

누군가를 간절히 사랑하게 되면, 안 될 걸 알면서도 쉽게 포기하지 못하고 계속 붙잡게 됩니다. 그렇게 계속 붙잡고 있으면 걱정과 불안이 가득해지고, 결국 생각만 쌓여 갑니다. 특히, 옳지 않은 길이라는 걸 알면서도 그것마저 없으면 안 될 것 같아 꽉 붙잡고 있는 상황이 대개 그렇습니다. 이런 때는 억지로라도 뭔가를 해야 할 것 같은데 마음은 있지만 몸이 따라주지 않아 결국 자신을 탓하게 되는 것이죠. 너무 힘든 나머지 어려움을 나누면 나아질까 싶어도, 나의 어두운 면을 보게 되면 상대가 떠날까 두려워 말하지 못하고 답답함만 커집니다. 사람의 심리가 그렇습니다. 알면서도 할 수 없으면 인생이 고달프고, 억지로 하려고 하면 삶이 더 괴로워지죠.

하지만 하나 기억해야 할 것이 있습니다. 없는 시간도 만들어 주는 것이 사랑이고, 없던 정도 찾아주는 것이 우정입니다. 불가능한 걸 알면서도 포기하지 않고 붙잡고 있는 것은 사실 괜한 기대일 뿐입니다. 낮은 자존감으로 이것만이라도 붙잡아야겠다는 생각에 놓지 못하는 것은 젊음을 허비하는 것입니다. 시간이 빠르게 지나가는데 그 소중한 시간을 놓쳐서는 안 됩니다. 젊을 때 내려놓을 수 있을 만큼 내려놓고, 가져올 수 있을 만큼만 가져와야 인생에 방향이 잡히기 시작합니다.

잡히지 않는 것에 자신을 방치하다 보면 결국 아무것도 얻지 못하게 됩니다. 마음도 비워야 새로운 마음이 찾아오고, 사랑도 하나를 내려놓아야 새로운 사랑이 옵니다. 하필 많고 많은 사람 중에 이 사람을 운명이라고 생각할 수도 있겠지만, 사실 그 사람이어야 할 필요는 없습니다. 안 될 것을 붙잡고 있는 것은 고집일 뿐입니다. 새로운 시작을 배우고 받아들이는 법을 익혀야 더 나은 삶을 살 수 있습니다. 안 될 때는 과감히 내려놓고 새로운 것을 받아들이는 연습을 해보세요. 물론, 알면서도 쉽게 하지 못했겠지만요.

• *Today's Quote*

모든 걸 내주지도 말고 모든 걸 받아주지도 말자.
더 많이 주고, 받을수록 결국 집착이 되어, 비참해질 뿐이니까.

왜 당신의 행복을 남에게서 찾는가

과묵한 성격

과묵한 사람을 보면, 말을 함부로 하지 않고 해야 할 말과 하지 말아야 할 말을 잘 구분하는 듯 보여 자연스레 호감을 불러일으킵니다. 그래서인지 사람들은 그들을 현명하고 강한 사람으로 평가하곤 합니다. 하지만 이런 평가가 과장된 이미지일 때도 있습니다. 과묵한 사람의 진짜 의도는 그저 신중함이 아니라, 어쩌면 과거에 받은 상처 때문일 수 있기 때문입니다.

예를 들어, 어렸을 적에 짧은 생각으로 내뱉은 말들이 누군가에게 큰 상처를 주거나, 자신의 말로 인해 타인에게 조롱을 받았던 경험이 있을 수 있습니다. 혹은 자신이 한 말로 인해 누군가 크게 화를 내며 상처를 주었던 기억이 있을 수도 있죠. 이러한 경험들이 쌓이다 보면 밝았던 사람도 점차 조용해지고, 말을 잘하던 사람도 과묵해지는 겁니다. 과묵함은 사람들에게 묵직하고 신중한 이미지로 비쳤을지 모르지만, 그 사람은 오히려 말하지 않으로써 별다른 탈이 없다는 사실을 깨달은 결과일 수도 있습니다. 무의식적으로 자신을 보호하기 위해 과묵함을 선택한 것이죠.

이런 이유로 과묵한 사람이 어른이 되어서도 말을 해야 할 때조차 말을 하지 못하는 경우가 생깁니다. 원래 사람은 자신의 이야기나 잘난 점을 드러내는 것을 좋아하지만, 그렇지 않다는 건 그 사람에게 아픈 상처가 있음을 의미합니다. 평소에 말이 많던 사람도 상대방이 자신의 말에 관심이 없다고 느낄 때는 말수가 줄어듭니다. 과묵한 성격이 생기는 이유는 여러 가지가 있을 수 있지만, 대부분 자신감의 부족이나 자신의 이야기가 외면받았던 경험에서 기인합니다.

만약 주변에 평소 말을 잘하지 않는 사람이 있다면 내가 그들의 의견을 무시하지 않았는지, 또는 그들과 소통에 문제가 있었는지 돌아보는 것이 필요합니다. 좋은 대화를 나누고 싶다면 "네 생각은 어때?", "그래서 어떻게 했어?" 같은 질문으로 대화를 이어가 보세요. 단순히 상대방의 의견을 물어보는 것만으로도 관계는 크게 개선될 수 있습니다.

다만, 이미 과묵함이 습관이 되어버린 사람은 상황이 조금 다릅니다. 작은 관심에도 크게 부담스러워할 수 있기 때문에 그들에게는 천천히 다가가는 것이 중요합니다. 주변 사람들에게 상처를 받아 과묵해졌다면, 이제는 자신의 생각과 감정을 표현하는 연습을 시작해야 합니다. 남에게 상처를 받았다고 자신의 의견 하나 제대로 내지 못하면, 복잡한 세상 속에서 살아남기 힘들 수 있습니다.

싫으면 싫다, 좋으면 좋다를 확실히 표현하는 것이 중요합니다. 어중간한 대답은 오해를 불러일으킬 수 있고, 타인과의 마찰이 없다고 해서 행복한 삶은 아닙니다. 충돌과 갈등이 있어야 자신을 더 알아가고 성장할 수 있기 때문입니다. 이제는 과거의 상처에 얽매이지 말고, 필요한 순간에는 당당하게 말하는 것이 당신을 더 행복하게 만들어 줄 것입니다.

• *Today's Quote*

"대개 강하고 과묵한 사람이 침묵하는 이유는
무슨 말을 해야 할지 모르기 때문인데,
그는 단지 말이 없다는 이유만으로 강하다는 평을 듣는다."
-윈스턴 처칠-

오래 볼 사이라면

음식점에 갔을 때 음식이 맛있지만 뭔가 부족하다면, 요리사에게 그 부족한 부분을 설명해 주면 다음번에 더 맛있는 음식을 즐길 수 있게 됩니다. 반면, 음식이 정말 맛이 없어서 다시는 가지 않을 곳이라면, 굳이 말하지 않고 조용히 나가면 됩니다. 그곳은 결국 자연스럽게 망하게 될 테니까요.

이처럼 관계에서도 한 번 보고 말 사이라면 그 사람에게 깨달음을 줄 사람은 많을 테니 굳이 불만을 말하지 않아도 됩니다. 하지만 오랜 볼 사이라면 불만이 생겼을 때 용기를 내어 말해주는 것이 좋습니다. 좋은 관계를 오래 유지하고 싶다면 작은 불만도 숨기지 않고 솔직하게 이야기하는 것이 필요합니다. 아무리 서로 배려하더라도 불편한 상황이 반복되면 결국 부딪히는 일은 피할 수 없기 때문이죠.

불만을 이야기하는 것이 부담스러울 수 있지만, 때로는 솔직하게 말하는 것이 불편한 상황을 가장 빠르고 효율적으로 해결하는 방법입니다. 잘 지내고 싶은 마음에 불만을 참다가 오히려 내가 먼저 그 사람을 떠나거나, 그 사람이 나를 원망하며 떠나게 될 가능성이 훨씬 큽니다. 좋은 말, 착한 말만 한다고 해서 반드시 좋은 관계가 되는 것은 아닙니다. 외적으로는 깔끔하고 좋게 보일 수 있지만, 그 안에서 진심을 찾아보긴 어렵죠.

깊은 관계를 원한다면 조금 흐트러지더라도 진심을 표현하려 노력해 보세요. 불만을 얘기하는 것은 상대방을 싫어해서가 아니라, 함께 더 나은 방향으로 나아가기 위해서입니다. 서로의 마음을 아는 관계는 다른 사람의 이간질에도 흔들리지 않는 튼튼한 관계로 이어지게 됩니다. 오랜 시간 함께할 사람이라면 이처럼 서로 맞춰가며 발전해 나가면 될 것이고, 한 번 볼 사람이라면 굳이 스트레스받지 말고 자연스럽게 흘려보내면 됩니다.

모든 관계를 완벽하게 유지하려다 보면 결국 어느 것도 제대로 되지 않을 수 있습니다. 소중한 관계는 최선을 다하되, 맞지 않는 부분은 대화로 맞춰가며 조율해보세요. 그렇게 자신만의 행복한 관계를 하나씩 만들어가는 것이 중요합니다.

"필요는 발명의 어머니다.
그렇다면 불만은 발전의 아버지다."
-데이비드 록펠러-

상대에게 지나치게 관대하지 말자

상대를 지나치게 관대하게 받아주는 것은 오히려 좋지 않습니다. 과도한 친절은 상대방이 선을 넘게 만들고, 결국 관계를 틀어놓는 시작점이 됩니다. 사람들은 때로 자기 일이 아님에도 불구하고 과하게 관여하거나, 반대로 자신의 이익과 무관한 일에는 한없이 무관심해지기도 합니다. 오랫동안 알고 지낸 사이라도 언제든 나를 떠날 수 있음을 잊지 말아야 합니다.

인간관계에 휘둘리지 않고 자신을 지키기 위해서는 먼저 상대의 성격을 파악하고 그에 맞게 대처하는 것이 필요합니다. 모든 사람은 표면적으로 보이는 모습 외에도 숨겨진 면이 있기 마련입니다. 시간이 지나면서 그 사람의 진짜 모습이 드러날 수 있기에, 가까운 관계일지라도 그 사람의 본성을 파악하고 인정하는 것이 중요합니다. 이렇게 해야 휘둘리지 않는 관계를 만들 수 있습니다.

불안정한 타인에게 의지하기보다는 자신의 내면에 더 의존하는 것이 안정적입니다. 인간은 서로에게 상처를 주는 존재라는 점을 명심하고, 지나치게 관대한 시선으로 타인을 바라보며 배려하지 말아야 합니다. 타인에게 의지하기보다는 스스로의 중심을 지키는 것이, 나 자신은 물론 타인에게도 더 좋은 방향입니다. 행복은 남이 아닌 자신의 내면에서 찾아야 하며, 질투와 비교는 행복을 가로막는 장애물일 뿐입니다.

자신이 가진 것에 만족하고, 감사하는 마음을 가지세요. 과거의 실수나 후회에 집착하지 말고, 현재와 미래에 집중하세요. 행복은 객관적인 상황이 아닌, 주관적인 경험과 감정에서 비롯되기 때문에 자신의 장점을 발견하고 긍정적인 시각을 유지하는 것이 더 나은 행복을 만들 수 있습니다.

타인에게 선의를 베풀되 그것이 권리가 되게 하지 말고, 의지를 하되 그것이 약점이 되지 않도록 하세요. 무엇이든 지나치면 좋지 못한 결과를 초래할 수 있습니다. 스스로의 중심을 잡고 적절한 균형을 유지하는 것이 중요합니다.

인간관계에는 적정한 온도가 있습니다.
나의 온도에 맞추려고 하거나,
남의 온도를 맞추려 하기보다는
서로의 적정한 온도를 찾아야
완만한 관계를 이룰 수 있습니다.

무섭게 성장하는 사람들의 특징

처음부터 완벽함을 기대하는 사람들이 의외로 많습니다. 이들은 자신의 기대에 미치지 못하면 쉽게 화를 내곤 하죠. 정작 본인도 처음부터 잘하지 못했으면서 남을 가르칠 때는 답답한 마음에 괜히 성질을 부립니다. 하지만 이러한 상황에서 성장하는 사람과 후퇴하는 사람의 차이가 나타납니다.

성장하는 사람은 "이것도 모르냐?"는 선배의 말에 기죽지 않고, "내가 모르니까 신입이지"라는 마음으로 더 당당하게 물어보고 배우려 합니다. 반면, 후퇴하는 사람은 기가 죽어 질문조차 못하고 소극적으로 행동하다가 결국 큰 실수를 저지르게 되죠. 무섭게 성장하는 사람들은 처음을 잘 이겨내는 사람입니다. 여기서 말하는 '처음'이란 쪽팔림에 기죽지 않을 당당함과 어려움에 포기하지 않는 끈기를 의미합니다.

쪽팔림과 어려움을 이겨낸다는 것은 어디에서든 누군가의 폭

언에 견딜 수 있고, 지속적으로 이를 해낼 수 있다는 것을 의미합니다. 성장하는 사람들은 처음부터 전문가가 되려 하지 않습니다. "모르니까 배우는 거야"라는 태도로 문제를 피하지 않고 정면으로 부딪히죠. 실수를 두려워하지 않으며, 모르면 솔직하게 말하고 더 알려달라고 적극적으로 요청합니다.

시간이 지나면 이런 사람들은 다른 이들보다 몇 배는 더 앞서가고, 결국 리더의 자리에 서게 됩니다. 그들이 성공하는 이유는 결코 똑똑해서가 아닙니다. 그저 처음의 쪽팔림과 어려움을 잘 이겨냈기 때문입니다. 누구에게나 처음은 어렵고 힘듭니다. 하지만 결국 성장하는 사람들은 자신의 부족함을 인정하고, 자신을 낮춰 끊임없이 배울 수 있는 자세를 갖추고 있습니다.

그들은 꾸준한 끈기로 결국 성장을 이끌어냅니다. 빠르게 성장하고 싶다면 두 가지를 견뎌내세요. 쪽팔림과 어려움. 이 두 가지만 극복한다면 남들보다 훨씬 빠르게 앞서갈 수 있습니다. 질문을 두려워하지 말고, 남의 시선을 피하지 마세요. 처음에만 누릴 수 있는 배움의 기회라고 생각하면 마음이 한결 편해질 것입니다. 그 기회를 마음껏 누리며 무섭게 성장해 보세요.

• *Today's Quote*

내가 생각하는 쪽팔린 이유와

남이 나를 보며 생각하는 쪽팔린 이유는 다릅니다.

각자에게 씌인 필터로 타인을 바라보기 때문이죠.

나를 이상하게 바라보는 사람이 반이라면

내 편들어 줄 사람도 반 정도 됩니다.

그러니, 명분만 있다면 밀고 나가보세요.

왜 당신의 행복을 남에게서 찾는가

유유히 사세요

유유히 사는 것은 때로 게으르거나 답답하게 보일 수 있지만, 사실 스트레스 없이 인생을 즐기기 위한 매우 바람직한 태도입니다. 유유히 산다는 것은 마치 해파리처럼 사는 것과 비슷합니다. 해파리는 심장과 내장 기관이 없고, 헤엄치는 힘이 약해 그저 파도에 몸을 맡기며 살아갑니다. 이처럼 자신의 부족함을 인정하고 흐름에 몸을 맡겨 살아가는 것은 때론 더 지혜로운 선택일 수 있습니다.

너무 애쓰며 살아가는 대신, 나 자신을 있는 그대로 받아들이고 자연스럽게 흘러가는 대로 살아보는 것이죠. 강한 사람들과 부딪히며 힘겹게 싸우다 보면 자신이 너무 약하게 느껴져 인생을 포기하고 싶을 때도 생깁니다. 하지만 약한 사람이 세상을 이겨내는 방법은 포기하는 것이 아니라, 유유히 인생을 살아가는 태도를 갖는 것입니다.

우리는 종종 실패와 어려움에 지나치게 집착하고, 그로 인해 중요한 것을 놓치게 됩니다. 그러나 어려운 시기 뒤에는 반드시 좋은 일도 따릅니다. 잠시의 힘든 시기를 견디지 못하고 인생을 포기하는 것은 너무나 아쉬운 선택이죠. 해파리도 물속에서 유유히 헤엄치는 모습을 보면 우아하고 아름다워 보입니다. 하지만 누군가 그 해파리를 함부로 건드리면 해파리는 독을 쏘아 자신을 지킵니다.

마찬가지로, 자신이 부족하다고 느낄 때마다 "나는 왜 이렇게 못할까?"라고 자책하지 말고, 차근차근 준비하고 연습해 나가면 됩니다. 그렇게 유유히 살다가 누군가 당신의 평온한 삶을 방해하려고 한다면 해파리처럼 단호하게 대응하면 됩니다. 그럼 소중한 당신은 포기하지 않고 조금씩 성장할 수 있습니다. 여느 때와 같이 평화로운 세상에서.

• *Today's Quote*

> 괜찮아요.
> 너무 힘들면 놓아도 되고요. 울어도 됩니다.
> 포기하지만 않으면 돼요.
> 다, 잘 될 거고, 잘 해낼 거니까요.

좋은 사람이 되고 싶다면

되도록 밝은 사람을 곁에 두어야 합니다. 화가 많고 불평 불만이 많은 사람과 지내다 보면, 조금이나마 빛나고 있던 나의 빛도 다 잃을 수 있기 때문이죠. 내가 어디에 있는가보다, 어떤 사람과 함께하느냐에 따라 인생이 크게 달라집니다. 밝은 사람과 함께하면 자연스럽게 나의 미래도 더 밝아질 가능성이 커집니다. 반면, 부정적인 사람들과 시간을 보내면 무의식적으로 그들의 부정적인 마음을 나도 모르게 품게 됩니다.

습관처럼 욕을 하거나, 앞에서 못할 말을 뒤에서 하는 경우 감정 쓰레기통처럼 좋지 못한 일이 있을 때마다 나에게 마음을 털어놓는다면 거리를 두는 것이 좋습니다. 미안한 마음에 계속 그것을 받아주는 것이 배려라면, 자신을 위한 배려도 필요합니다. 무엇보다 중요한 건 '나' 자신이니까요.

부정적인 사람에게서 벗어났다면, 이제는 '나' 자신도 변해야 합니다. 사람들이 좋은 사람은 뭔가 특별한 선물을 하고, 좋아하는 것을 잘 챙겨줘야 한다고 생각하지만, 사실 작고 소소한 것들이 더 오래 기억되고 감동을 줍니다. 멋진 사람이 되거나, 잘난 사람이 되려 하기보다는 어떠한 상황에서도 변치 않고 곁에 있어주는 사람이 되세요.

뭔가 대단한 것을 해주는 것이 아닌 그 자리에서 반짝 빛나 주면 됩니다. 어둠이 빛을 이길 수 없듯이, 힘들 때나 슬플 때, 심지어 기쁜 순간에도 흔들리지 않고 옆에서 어둠이 오지 않도록 밝게 빛나는 것만으로도 큰 힘이 되고, 그 자체만으로도 큰 의미를 지니게 됩니다. 좋은 사람이 되고 싶다면 밝은 사람을 곁에 두고, 나 또한 밝은 사람이 되어 보세요.

• *Today's Quote*

주변에 좋은 사람 열 명 있는 것보다,
나쁜 사람 한 명도 없는 것이 행운이고,
좋은 사람을 찾는 것보다,
그런 사람이 먼저 되는 것이 천운이다.

왜 당신의 행복을 남에게서 찾는가

여유로운 태도

굳이 누군가가 묻지 않는 한, 자신의 일을 얘기하지 않고 자신을 드러내지 않는 사람은 숨길 것이 많은 듯 보일 수 있습니다. 하지만 이는 실제로 자신감과 자존감에서 오는 여유입니다. 자신에 대한 믿음이 있는 사람은 자연스럽게 여유로운 태도를 가지며, 이는 타인에게 매력적으로 다가옵니다. 이런 여유는 종종 부유한 사람들에게서 볼 수 있는 특징입니다. 그들의 부유함에서 나오는 것인지, 아니면 그들의 인품인지는 확실하지 않지만, 여유로운 태도는 누군가에게 뒤지지 않는 자기 확신에서 나옵니다.

그들의 일상을 보면, 같은 지구에 살면서도 다른 삶을 살고 있다는 느낌을 받을 때가 있습니다. 그들이 직접적으로 말하지 않더라도, 밥을 먹을 때나 차를 탈 때, 만나는 사람들을 보면 레벨 차이를 느끼게 되죠. 제가 하고 싶은 말은 이런 아우라를 품길 줄 아는 사람이 되어야 한다는 것입니다. 내가 잘하고 멋있고 가진 게 많다고 내 입으로 나의 가치를 보여주는 것이 아닌, 다른 이들 혹은 다른 것들이 나의 가치를 보여주도록 하는 것이죠.

이런 것들이 가짜가 아닌 진짜들이 내뿜는 존재감입니다. 내가 좀 잘난 것, 내가 좀 잘하는 것들로 우쭐해하는 것은 과시욕에 지나지 않습니다. 인정은 내가 아닌 타인이 하는 것입니다. 조금의 칭찬에 우쭐대고 정말 자신이 멋지고 뭔가 되는 것처럼 자신의 입으로 떠들고 다닌다면, 사람들은 당신을 부정적으로 평가하게 될 겁니다. 그런 사람처럼 보이려 하지 말고, 그런 사람이 되어야 합니다.

스스로 자리에서 성장하고 갈고 닦아가면, 어느 순간 타인들이 알아보고 응원하며 존경하게 될 것입니다. 남들이 당신을 인정하는 순간부터는 타인의 시선이나 의견에 신경 쓰지 않게 됩니다. 이미 자신이 스스로를 인정하게 되었기 때문입니다. 스스로 강하고 멋진 사람이 되면 두려움도 사라지고, 더 이상 타인의 의견에 휘둘리지 않게 됩니다. 그렇게 되면, 자신의 여유를 마음껏 뽐낼 수 있을 것입니다.

왜 당신의 행복을 남에게서 찾는가

• *Today's Quote*

자존감은 스스로 인정해야 높아지고,

품격은 타인이 인정해야 높아지며,

인격은 나와 타인 모두가 인정해야 높아진다.

운을 만드는 습관

요즘 "하루 10분 만에 몇천 벌기, 누구나 성공할 수 있습니다" 같은 광고들이 넘쳐나면서 많은 사람들이 그 기대감에 많은 돈을 쓰는 것 같습니다. 하지만 현실은 대부분 그만큼 벌지 못하죠. 왜냐하면 한 번에 모든 것을 바꿀 수 있다고 생각하기 때문입니다. 하지만 본질은 그렇지 않습니다.

이런 이야기가 있습니다. "한 사람이 세상이 자기를 외면했다고 여겨질 때 석공을 찾아갔다. 석공이 100번 망치를 내리쳐도 돌에는 금조차 가지 않았다. 하지만 101번째 내리치자, 돌이 둘로 갈라졌다. 나는 그 마지막 한 방으로 돌이 갈라진 게 아님을 알고 있다. 돌이 갈라진 건 이전에 계속 내려친 일들의 결과다." 사람들은 대부분 돌이 부서지는 101번째 망치질만 기억하고 위대한 업적을 이뤘다고 생각합니다. 이전에 열심히 망치질한 100번의 수많은 내리침은 그냥 과정이라 생각하고 넘겨버리니까요.

왜 당신의 행복을 남에게서 찾는가

사실은 깨지지 않아도 열심히 두드린 100번의 망치질이 그런 업적을 만든 것이죠.

현재 우리의 인생도 그 작은 습관들이 쌓아온 결과물입니다. 그렇다면 우리의 인생을 발전적으로 만들고 싶다면 작은 습관부터 하나씩 바꿔야 합니다. 수증기가 모이면 물을 만들고, 물이 모이면 물방울을 만들고, 그 작은 물방울이 수없이 모이면 호수가 됩니다. 원하는 것을 이루고 싶다면 자신의 작은 습관을 키워가면 됩니다. 반대로 자신에게 변화가 없다면 작은 습관들을 되돌아봐야 합니다. 아침에 일어나 침대에서 무엇을 하는지, 무언가를 하기 전에 핸드폰에 빠져 시간을 미루고 있지는 않은지. 사소한 것들을 하루의 실수라고 넘겨버리지 말고 자세히 보고 고쳐나가세요. 그렇지 않으면 변화 없는 이전과 똑같은 일상을 살게 될겁니다.

행복한 인생을 만들고 싶다면 한순간에 무언가 일어나길 바라는 것보다, 그 행복을 위해 어떤 사람이 될지, 어떻게 살아야 할지 고민하고 그것을 위해 작은 습관부터 시작하면 분명 좋은 일이 생길 거예요. 포기하고 싶을 때마다 100번의 망치질을 기억하고, 목표를 이뤘을 때 101번째의 영광을 누려보시길 바랍니다.

인생은 척추와 같아서
한번 삐뚤어지면 삶의 질이 확 떨어진다.
그래서 척추가 휘지 않도록
바른 자세를 유지하는 것과
좋은 습관을 만들어야 하는 이유는 같다.

말의 무게

　말의 무게를 가볍게 여기는 사람은 상대방의 입장을 고려하지 않고, 자신의 말을 우선시하려 합니다. 이로 인해 좋지 않은 결과를 초래하는 경우가 많죠. 이런 사람들을 스쳐 지나간 사람들은 대개 끝이 좋지 않습니다. 연인이라면 헤어진 후 미련을 가질 법도 하지만 다시는 연락하지 않으려 하고, 친구라면 용서해줄 법도 하지만, 이름만 들어도 화가 나서 다시는 생각조차 하고 싶지 않아합니다. 이렇게 사람을 극도로 싫어하게 만드는 이유는 크게 두 가지로 나눌 수 있습니다.

　첫 번째는 상대방의 입장을 알면서도 자신의 의견만을 고집하는 경우입니다. 이들은 일종의 설득처럼 말하지만, 사실상 자신의 원하는 바를 관철하려고 행동합니다. 상대방의 의견을 무시하고 자신의 뜻만을 강조해 불편함을 주고 관계를 악화시키는 것이죠.

　두 번째는 상대방의 입장을 고려하지 않고 "나 그거 할 거야"

라며 통보한 뒤 혼자서 멋대로 행동하는 경우입니다. 이들은 상
대방이 난감한 상황에 처해도 자신이 말했으니 끝이라고 생각하
며, 오직 자신의 이익만 추구합니다. 이렇게 쉽게 내뱉은 말은 상
대방에게 큰 불쾌감을 주고, 그 사람과의 관계를 끝내고 싶게 만
듭니다.

조금만 생각해 보면 상대방이 불편해할 것을 알면서도 자신의
이득을 위해 말을 한다는 것이죠. 이러한 무례함을 당한 사람들은
자신이 이용당했다는 생각이 들어 다시는 그 사람과 대화조차 하
기 싫어하게 됩니다. 관계라는 게 말을 예쁘게 하는 것보다 진심
을 전달하는 게 더 중요합니다. 이들은 "말도 이쁘게 하고 진심으
로 잘 대해줬는데 뒤통수치네?"라고 생각하는 것이죠. 그러나 상
대방의 선을 넘은 진심이라면, 그건 진심이 아니라 사심입니다.

이런 사심은 자신의 욕심에서 시작되기 때문에 항상 경계해야
합니다. 말의 무게를 아는 사람을 곁에 두려면 말의 기준이 상대
방이라는 것을 아는 사람을 만나야 합니다. 자신이 뱉은 말은 어
떻게 해서든 악착같이 지키려 하고, 일이 틀어져도 상대방에게 해
가 되지 않는 선에서 합당한 해결책을 찾는 사람입니다. 이런 진실
성은 상대방을 소중하게 생각하는 마음에서 비롯되기도 하지만,

왜 당신의 행복을 남에게서 찾는가

그 사람을 실망하게 하고 싶지 않기 때문에 가능한 행동입니다.

정말로 상대방을 위하는 사람이라면 잘해주려는 것보다 실망하게 하지 않으려 합니다. 자신의 이기적인 행동으로 상대에게 피해를 주지 않으려는 것이죠. 이것이야말로 진정한 예의입니다. 인간관계에서 상처를 덜 받고 싶다면 말의 무게를 아는 사람을 만나세요. 그런 사람은 말 한마디조차 신중하게 생각하며, 상대방을 고민에 빠뜨리지 않을 것입니다.

• *Today's Quote*

구화지문(口禍之門)
입은 재앙을 불러들이는 문이 된다는 뜻으로,
말을 조심해야 한다는 의미를 담고 있다.

사람을 만날 때 중요한 건

　인생에서 한 번쯤은 오랜 시간을 함께하는 사람을 만나게 됩니다. 성격이 비슷하고, 즐거움을 느끼는 꼭짓점이 같다면 종종 있을 수 있는 관계죠. 그러나 그 관계가 반드시 오래가는 관계라고 보기는 어렵습니다. 오래된 관계인 만큼 자신도 모르게 부족한 부분을 드러내게 되고, 상대방을 잘 안다고 생각해 쳤던 장난이 감정을 쉽게 상하게 하기도 합니다. 이런 관계는 정을 많이 주었던 만큼 서운함과 배신감이 크게 느껴지기 쉽습니다. 그래서 가족이 남이 되고, 친구가 적이 되는 일이 허다한 겁니다.

　하지만 이와 달리 매일 티격태격 싸우면서도 오랜 관계를 유지하는 사람들도 있습니다. 겉으로는 뭐 하나 맞는 게 없어 보이는데 그 끝은 늘 화해와 미소로 가득한 관계 말이죠. 이들 관계의 특징을 보면, 겉으로는 공격적인 말을 해도 서로를 인신공격하지 않습니다. 각자가 주도권을 잡으려 하지 않고, 오히려 서로를 배

왜 당신의 행복을 남에게서 찾는가

려하려는 마음이 큽니다. 먹고 싶지 않은 음식을 상대방이 먹고 싶어 한다면 툴툴거리면서도 함께 먹어주고, 가고 싶다고 하면 귀찮다며 투덜대면서도 결국 함께 가는, 그런 세심한 배려를 서로에게 하는 것입니다.

이처럼 오래되었다고 평생 가는 것도 아니고, 매일같이 싸운다고 금방 연이 끊기는 것도 아닙니다. 누군가를 만날 때 중요한 건 그 사람의 능력이나 행동이 아니라 얼마나 나와 잘 맞는가입니다. 사람이 싫은 사람과 좋은 사람으로 나뉘는 것 같지만, 사실은 나와 얼마나 잘 맞는가와 안 맞는가에 달려 있습니다. 서로 티격태격하면서도 오래가는 관계는 단점을 보완해주고 장점을 높이 평가하기 때문입니다. 이런 관계는 서로에 대한 환상이 없는, 즉 콩깍지가 없는 관계라 할 수 있습니다. 그래서 더 오래가는 것입니다.

사람을 볼 때 외모나 재력 같은 외적인 것만 본다면, 그 관계는 그러한 요소들이 사라질 때 쉽게 끝날 가능성이 큽니다. 반면, 단점이 있더라도 서로 맞춰가는 관계는 오랜 시간 유지될 수 있습니다. 외적인 것보다는 나와 잘 맞는지에 초점을 맞추고, 그런 사람들과 좋은 관계를 이어 나가시길 바랍니다.

관계에서 중요한 건 오래 함께하는 것보다
나와 얼마나 잘 맞고, 행복하게 지냈느냐입니다.

자력갱생(自力更生)

　'자력갱생'은 남에게 의지하지 않고 자신의 힘으로 어려운 처지에서 벗어나 새로운 삶을 살아간다는 뜻입니다. 때때로 누군가에게 자신의 어려움을 이야기했을 때 큰 힘이 생기기도 합니다. 외로움, 슬픔, 고통 등 감당하기 힘든 것들을 털어놓으면 든든한 내 편이 생긴 것 같고, 마음도 편안해지죠. 하지만 이는 잠깐일 뿐입니다. 다음 날이 되면 해결되지 않는 문제들이 다시 나를 급습하고, 오만 가지 생각으로 나를 괴롭힐 수 있습니다.

　안타깝게도 자신의 심정을 타인에게 털어놓는 것은 당장은 위로받을 수 있지만, 실제로는 그 문제를 겪어보지 않은 이상 상대방이 쉽게 공감하기 어렵고, 문제를 해결해 줄 수 있는 사람은 극히 드뭅니다. 그렇기에 그 문제를 정말 해결하려면 누군가에게 상황을 털어놓는 것이 아닌, 스스로 그 일과 부딪혀 해결하는 수밖에 없습니다. 물론 힘들 때 혼자만 생각하고 힘들어하라는 말이 아닙니다. 도움을 받을 수 있으면 받되, 늘 누군가에게 의지해 해결하는 것보다는 자신이 먼저 해결사가 되어야 합니다.

힘들 때마다 남에게 의지하다 보면, 어려움이 왔을 때 주변 사람들에게 찡찡거리듯 마음을 털어놓게 되고, 그렇게 되면 듣는 사람들도 지쳐 점점 하나둘 떠나게 됩니다. 이러한 습관은 스스로 해낼 수 있는 일임에도 조금만 어려워 보이면 남에게 도움을 요청하는 나약한 나를 만들 수 있습니다. 결국 감정적인 요인뿐만 아니라 현실적인 문제에서도 타인을 의지할 수밖에 없게 됩니다.

이런 의지력은 충분히 더 좋은 회사를 갈 수 있는 재능을 가졌음에도 "나중에 잘되면" 또는 "좋은 일이 생기면"이라는 기대감을 심어주는 말에 속아 그곳에서 후회만 가득 찬 날들을 보내게 만들 수 있습니다. 타인의 말에 휘둘리지 않고 당하지 않기 위해서는 먼저 스스로 문제를 해결하고 도전할 줄 아는 사람이 되어야 합니다. 어떠한 상황에서도 자신을 믿고 흔들리지 않는 사람이 되어보세요. 내가 먼저 해내는 사람이 되어야 기회가 왔을 때 비로소 그 기회를 잡을 수 있습니다.

왜 당신의 행복을 남에게서 찾는가

• *Today's Quote*

세상에 길은 수없이 많지만, 모두의 목적지는 같습니다.

말을 타거나 차를 타고 달릴 수 있고,

둘이서, 셋이서 달릴 수도 있지만,

마지막 걸음은 혼자서 디뎌야 합니다.

그렇기에 모든 고난을 혼자 짊어지는 것보다,

더 나은 지식도 능력도 없다는 것입니다.

친절도 체력이다

요즘 들어 타인에게 친절을 베푸는 것이 결국 체력의 문제라는 걸 실감하게 됩니다. 식사할 때 먼저 수저를 건네는 것, 처음 만난 사람에게 미소를 짓는 것, 누군가의 문자에 마음을 담아 답장을 보내는 것, 그리고 진심 어린 대화를 나누는 것까지, 평소에는 너무나도 쉬운 일들이지만, 내가 지치고 체력이 떨어질 때는 이런 작은 배려조차 번거롭게 느껴집니다.

이럴 때마다 드는 생각은, 하루가 길고 피곤할 때는 작은 친절조차도 큰 노력이 필요하다는 것과, 체력이 부족하면 친절해야 하는 상황이 오히려 부담스러워진다는 것입니다. 그래서 체력을 키우는 것이 정말 중요하다는 걸 깨닫게 됩니다. 체력은 단순한 신체적 건강을 넘어서 우리의 정신적 에너지를 지탱하는 중요한 요소이기 때문이죠.

하지만 그렇다고 해서 정신적인 체력을 위해서 없는 시간을 쪼개 헬스장에 가거나 러닝을 뛰는 고된 운동을 하지는 않아도 될 것 같습니다. 오히려 그럴수록 더 지칠 수도 있으니까요. 정신적인 체력을 기르기 위해서는 균형 잡힌 식사, 충분한 수면, 좋아하는 노래를 듣기, 행복을 주는 취미 생활처럼 내 정신을 회복할 수 있는 작은 것들로도 충분합니다. 이런 것들만으로도 소중한 사람들과의 관계를 유지하는 데 큰 무리가 없을 겁니다.

물론, 좋은 것만 먹고 좋은 생각만 한다고 해서 무조건 장수하는 건 아니겠죠. 이왕이면 안 좋은 습관들을 피하는 것도 중요합니다. 예를 들어, 관계 없는 이들에게 에너지를 낭비하거나, 괜한 오지랖으로 타인의 문제를 내 문제로 만드는 것입니다. 누군가 별 생각 없이 툭 내뱉은 말에 '어떡하지? 도와줘야 하나?' 같은 고민에 빠지는 것들 말이죠.

이런 필요하지 않은 곳에 귀한 에너지를 소모하지 않고 '어떻게든 되겠지!'라고 넘겨 버리면 좋겠습니다. 그렇다고 도울 수 있는 상황에서 외면하라는 뜻은 아닙니다. 때로는 도움을 주는 과정에서 좋은 인연이 생길 수 있으니까요. 다만, 자신이 이미 지쳐 있는 상태라면 굳이 나서지 않아도 될 일에 나서지 말라는 겁니다. 착한 마음은 알겠지만, 남을 아껴주는 만큼 자신도 아껴주면 좋겠습니다.

• *Today's Quote*

무언가 해내고 싶다면 체력을 먼저 기르세요.
초반에 잘하다가도 후반에 무너지는 이유와,
무너진 후 다시 일어설 힘이 없는 이유는
체력이 부족하기 때문입니다.

왜 당신의 행복을 남에게서 찾는가

마음을 전달하는 일

대화는 단순히 말을 주고받는 것이 아닙니다. 서로의 마음을 주고받는 것이고, 각자의 세계가 만나는 과정이며, 서로 다른 것들이 모여 하나의 공통점을 찾는 것이죠. 형식적인 대화가 아닌, 울림이 있는 대화는 서로의 감정을 이해하는 데 큰 힘을 주고, 더욱 돈독한 관계를 만듭니다. 하지만 이를 가볍게 여기고 형식적인 대화를 주고받다 보면, 상대방은 의도와는 달리 소외감을 느낄 수 있습니다. 이런 소외감은 함께 있어도 함께 있음을 느끼지 못하게 하고, 같은 편인 듯하면서도 다른 편의 느낌을 줍니다.

소외감을 느끼지 않게 하려면 먼저 마음이 맞는 사람과 대화의 질을 높이는 것이 중요합니다. 대화를 대수롭지 않게 넘기다 보면 어느 순간 속마음을 말하는 것이 어색해지고, 그 어색함은 소통의 부재를 초래합니다. 매일 보고, 함께 산다고 모두 친구나 가족이 되는 것은 아닙니다. 가족이라도 남처럼 사는 사람이 있고, 친구이면서 가족처럼 지내는 사람도 있습니다. 관계의 깊이는 대화의 질에서 나뉘게 됩니다. 깊은 관계를 쌓는 첫걸음은 상대방의 이야기에 귀 기울이는 것입니다. 내가 말하는 데 급급하지 않고, 상대의 말에 집중할 줄 알아야 합니다. 무엇보다 상대방의 말을 내 마음대로 오해하지 않아야 합니다. 말을 단순한 감정으로 받아들인다면 그 끝에는 다툼이 생기기 마련입니다.

이를 피하기 위해서는 상대가 어떤 일로 힘들어하는지, 왜 그런 말을 하는지 자주 대화하는 것이 중요합니다. 살다 보면 객관적으로 필요한 말을 해야 하는 순간도 있지만, 상대방이 힘들거나 우울할 때는 그 말을 하지 말아야 합니다. 친구가 힘들다고 말했을 때, "네가 잘못했네" 같은 객관적인 답을 한다면 영영 친구를 잃게 될 것입니다. 공감을 원하는 것과 정확한 답을 원하는 경우를 구별할 줄 알아야 합니다. "난 솔직한 사람이야"라는 말은 사실 "너의 말을 들어주기 귀찮다"는 의미일 뿐입니다. 사랑하는 사람이라면 아무리 틀린 말이라도 먼저 들어주고, 그 후에 잘못된 부분을 짚어주는 다정함이 필요합니다. 무턱대고 잘못을 따지면 더 이상 대화가 아닌 공격이 되기 때문입니다.

진정한 소통은 서로의 감정을 나누고 이해하며, 함께 성장하

왜 당신의 행복을 남에게서 찾는가

는 것입니다. 상대방에게 한 번 더 귀 기울이고 진솔한 대화를 나누어 보세요. 조금은 어색할 수 있지만, 한 번이 어렵지 두세 번은 점점 자연스러워질 것입니다. 그렇게 서로를 깊게 이해하며 더 큰 사랑의 여정을 이어 나가는 것이죠. 시간이 지남에 따라 쌓이는 신뢰와 소통의 깊이는 서로의 삶의 질을 높여줍니다. 아침에 일어나 "잘 잤냐"는 따뜻한 말에 사랑을 느끼고, 평범한 "밥 먹었냐"는 물음에 관심을 느끼게 됩니다. 사랑하는 사람들과 더욱 깊은 관계를 맺고 마음을 전하고 싶다면, 먼저 들어주고 이해하려고 하세요. 그 후에 자신의 이야기를 나누어도 늦지 않습니다. 마음을 전달하는 일은 경청에서 시작됩니다.

• *Today's Quote*

> 삶의 지혜는 들음에서 생겨나고
> 삶의 후회는 말함에서 생겨난다.

좋아하는 것보다 싫어하는 것

사랑에도 다양한 종류가 있으며, 그 깊이에도 여러 단계가 있습니다. 이를 두 가지로 나누자면, 좋아하는 것을 해주는 것과 좋아하지 않는 것을 하지 않는 것으로 구분할 수 있습니다. 우리는 누군가를 좋아하면 자연스럽게 그들이 좋아하는 것을 해주고 싶어 하죠. 그래서 상대가 나에게 잘해줄 때, 나를 좋아한다고 착각하는 경우도 생깁니다. 하지만 사랑의 깊이를 더하고 싶다면 조금 다른 시각이 필요합니다. 상대방이 싫어하는 행동을 피하고, 불편한 상황을 배려하는 것. 즉, 좋아하는 것을 해주는 것보다 싫어하는 것을 하지 않으려는 마음이 오히려 사랑을 더 깊고 진하게 만들 수 있습니다.

상대방을 아프게 하거나 불편하게 만드는 행동을 하지 않는 것이야말로 사랑의 본질을 단단히 다져주는 과정입니다. 내가 설거지를 하기 싫어도 상대를 위해 기꺼이 대신해 주거나, 내가 좋아하는 취미를 상대가 위험하다고 싫어하면 그 취미를 포기하는 순간처럼, 온전히 자신만을 생각했던 내가 둘을 위한 선택을 할 때, 우리는 "하여간 이상해" 혹은 "바보"라는 말들로 사랑하고 있음을 느끼고, 상대가 나를 진심으로 아끼고 있음을 깨닫게 됩니다.

상대가 싫어하는 이유를 이해하고 그 행동을 피하는 것이야말로 진정한 사랑의 깊이를 만들어가는 방법이 아닐까 싶습니다. 아무리 좋은 시간을 함께해도 상대가 싫어하는 행동을 하게 되면 그 분위기는 금세 차가워질 수밖에 없습니다. 사랑의 깊이에서는 서로의 싫어하는 부분을 이해하고 그 감정을 존중하며 함께하는 길을 찾아가는 과정이 중요합니다. 상대를 위해 진심으로 노력할 때 두 사람의 관계는 깊어질 수밖에 없습니다. 사랑한다면 잘해주려고만 하기보다 싫어하는 것을 하지 않으려는 노력을 해보세요. 그러면 두 사람의 관계는 훨씬 더 행복해질 것입니다.

- *Today's Quote*

< 한국인이 사랑할 때 특징 >

1) 바보 같아.

2) 하여간 이상해.

3) 왜 저래? 어이없어.

4) 아. 진짜 웃겨.

왜 당신의 행복을 남에게서 찾는가

내가 남는 사랑을 하세요

　과거의 소중한 기억을 놓아야 할 때가 있지만, 마음처럼 쉽지 않은 경우가 많습니다. 오랜 연애를 했거나 여전히 사랑이 남아 있는 상황에서 더욱 그러합니다. 그러나 시간이 지나도 여전히 붙잡고 있는 이들이 있습니다. 대체로 과거에 자신을 있는 그대로 사랑받아 본 경험이 없는 사람들이 이별을 하게 될 때 이러한 경향이 강합니다. 이들은 살면서 자신이 부족함에도 감싸주는 따뜻함과 언제나 내 편이 되어주는 안정감을 느끼지 못했기 때문에, 상대방이 이런 감정을 주면 일반적인 사람들보다 크게 받아들이고, 당연한 예의를 배려로 느끼거나 단순한 말들에 크게 감동하게 됩니다.

　상대방의 사랑을 많이 받는 건 좋은 일이지만, 어느 순간 그 사랑을 잘 주지 않거나 따뜻함을 다시 느끼지 못하는 순간이 오게 되면, 그 감정은 집착으로 변하게 됩니다. 이는 그 사람이 금방이라도 떠날 것 같거나, 다시는 이런 사랑을 받지 못할 거라 생각하기 때문에 놓지 못하는 것입니다. 이전에 이러한 감정을 느끼지 못했다고 해서 항상 그것이 옳은 것도 아니고, 지금 행복하다고 끝까지 행복한 것도 아닌데, 그런 감정을 놓지 못하는 것이죠.

그래서 사랑을 할 때는 항상 내가 남는 사랑을 해야 합니다. 무조건 헌신하고 나의 모든 걸 주는 그런 사랑은 진정한 사랑이 아닙니다. 진정한 사랑은 내가 남는 사랑입니다. 남는다는 것은 그 사람과 함께 했던 추억이 될 수 있고, 연애를 통해 얻은 긍정적인 영향이 될 수도 있습니다. 만약 이별했는데 남는 게 없고, 그 사람이 없으면 죽을 것 같다면, 그건 어딘가 잘못된 사랑을 하고 있었다는 것입니다.

이런 불행한 상황을 겪지 않기 위해서는 누구를 사랑해서 점점 무너져 가는 사랑보다는 더 나은 내가 되는 사랑을 하세요. 그래야 서로가 집착하지 않으면서도 아름다운 사랑을 할 수 있습니다. 자신을 잃지 않는 관계는 연인뿐만 아니라 모든 관계에서 가장 중요합니다. 발전적인 관계를 만들어가세요. 그래야 끝이 오더라도 그 아픔으로 더 나은 내가 될 수 있습니다.

왜 당신의 행복을 남에게서 찾는가

놓을 땐 놓아야 합니다.
그럴 만한 이유가 있어서 미래를 함께하지 못한 것입니다.

거절을 못하는 사람

거절은 반드시 해야 할 때가 있습니다. 하지만 마음이 여린 사람은 상대방의 상황이나 친절한 미소에 눌려 쉽게 거절하지 못하고 받아들이곤 합니다. 그로 인해 더 큰 부담을 지고, 결국 짐을 하나씩 더 얹은 채 살아가게 되죠. 거절을 못하는 이유는 상대가 상처받을까 봐 망설이다가 결국 설득당해 버리기 때문입니다. 그래서 더 많은 희생을 하게 되고, 삶이 더 피곤하게 느껴지는 경우가 많습니다.

이들은 거절하는 문제뿐만 아니라 일상에서도 많은 고민을 합니다. 메시지를 받으면 어떻게 답해야 할지 주저하고, 자신의 속마음을 솔직히 표현하지 못하며, 선물이나 도움을 준 후에도 상대의 반응을 예민하게 살핍니다. 대화 중 상대가 집중하지 않는 모습을 보면 자신에게 관심이 없는 것은 아닌지 불안해하기도 합니다.

왜 당신의 행복을 남에게서 찾는가

이러한 반응은 '착하다', '잘한다'는 말을 들으며 자랐지만, 제대로 된 보상이나 칭찬을 받기보다는 '너가 안 해줬으면 이 사람이 힘들었을 거야' 같은 부담스러운 말들로 인해 타인을 지나치게 신경 쓰는 습관이 자리 잡게 된 탓입니다. 배려는 물론 좋은 일이지만, 그것이 나 자신을 위한 기준이 아니라 오로지 타인을 위한 기준이 되어버리면, 상대가 편해야 하고, 좋아야 한다는 압박감에 사로잡히게 됩니다. 결국 '이렇게 하면 사람들이 나를 좋아하겠지'라는 생각에 그렇게 행동하는 버릇이 생깁니다. 이는 남에게 잘 보이려는 마음과 타인을 지나치게 의식하게 만드는 잘못된 사고방식입니다. 이 생각을 버리지 못하면 결국 이용만 당하며 살아가게 됩니다.

그러니 이제는 나를 위해서라도 거절할 줄 알아야 합니다. 한 번뿐인 인생에서 내 시간도, 내 몸도 소중합니다. 타인의 요구를 계속해서 받아들이기만 한다면 나는 점점 더 지치고 소진될 수밖에 없습니다. 거절은 단순한 이기심이 아니라, 나를 지키는 방법입니다. 내 삶에 대한 책임감이고, 나를 존중하는 행동입니다. 이는 결코 이기적인 것이 아닙니다. 오히려 나 자신을 돌보고, 내 마음을 지켜야만 타인과도 건강한 관계를 맺을 수 있습니다.

거절할 때 망설이지 마세요. 망설이다 보면 부탁이 강요처럼 느껴지고, 결국 그 사람을 피하게 되는 피해의식이 생길 수 있습니다. 거절할 줄 아는 용기는 곧 자신을 지키는 용기입니다.

• *Today's Quote*

"시간을 주체적으로 관리해야 합니다.
거절하지 않으면 그렇게 할 수 없죠.
다른 사람이 내 삶을 결정하도록 두지 마세요."
-워런 버핏-

왜 당신의 행복을 남에게서 찾는가

나를 키우세요

나를 키워야 합니다. 가끔 잘못된 애정으로 타인을 키우는 사람이 있습니다. 연인, 연예인, 운동선수 등 그들을 좋아한다며 끊임없이 헌신하며 자신의 시간과 에너지를 쏟습니다. 이들은 타인의 기쁨에서 행복을 느끼는 사람입니다. 누군가에게 베푸는 것은 좋은 일이지만, 이것에 너무 치우치는 사람은 그 대상을 잃으면 공허함을 느끼게 되고, 방향을 잃은 사람처럼 그 공허함을 채워줄 새로운 누군가를 찾아다니기 바쁩니다. 이런 타인을 애정하는 게 과한 사람일수록 정작 '나 자신'을 돌보는 데에는 소홀한 경우가 많습니다. 애정이 밖으로만 향하다 보면 내 안에 남는 건 공허함뿐입니다. 그래서 모든 것이 끝나면 어쩔 줄 모르고 초조함을 느끼게 되는 것이죠.

애정을 여기저기 남발하기보다는 자신에게 쏟아야 합니다. 한없이 주기만 하는 삶은 언젠가 지쳐버리기 마련이고, 결국 나 자신도 잃게 되는 순간이 옵니다. 자신을 돌보는 것이 이기적으로 보일 수 있지만, 오히려 관계를 유지하는 데 중요합니다. 만일 자신이 밥도 잘 못 먹으면서 타인에게 밥을 산다던가, 누군가에게 좋은 것을 선물한다던가 하면 받는 사람은 그 사람이 천사처럼 느껴지겠지만, 밥도 잘 못 먹는 데 남에게 선물하는 것을 알게 된다면 부담스러워하고 그 사람을 오히려 피하게 될 겁니다.

뭐든지 자신이 첫 번째여야 합니다. 이는 일상에서 우리에게 하는 말도 똑같습니다. 남에게 아무리 운동해야 건강해진다, 건강한 거 먹어라 말을 해도 당사자가 뚱뚱하고 인스턴트 음식만 먹는다면 그 사람을 아무도 신뢰할 수 없는 것처럼요. 항상 먼저 나부터 성장하고 나를 먼저 키우세요. 그래야 타인도 내 말에 경청하고 신뢰감이 생기는 것입니다. 꼭 덕질을 하고, 누군가를 졸졸 쫓아다니는 것만이 나를 돌보지 않는 사람이 아닙니다. 자신에게는 애정을 주지 않으면서 타인에게 말을 하거나 베풀고 있는 사람이라면 다 같습니다. 늘 자신이 지금 어떤 상태인지 되돌아보고, 자신을 먼저 키워보시길 바랍니다.

내가 지금 어디에 마음을 쏟고 있는지 알고 싶다면,
내가 가장 많은 시간을 보내고 있는 곳을 돌아보세요.

타인의 단점은 나의 거울이다

　화가는 이쁘고 좋은 것을 보면 "이것을 그리면 정말 멋지겠다."라고 생각하고, 사진작가는 이쁜 풍경을 보면 "지금 찍으면 멋진 순간을 담을 수 있겠다"는 생각을 하죠. 늘 그것만 보고, 그것들만 생각하기 때문에 가능한 겁니다. 그렇다면 우리가 사람을 대할 때 좋지 않은 점만 눈에 띈다면, 어쩌면 내 안에도 비슷한 어두운 면이 자리 잡고 있기 때문일지도 모릅니다. 마음속에 품고 있는 감정들이 외부에 비칠 때, 우리는 타인의 단점에 더 민감하게 반응하기 마련입니다.

　내가 누군가를 볼 때 불편하거나 부정적인 면이 먼저 보인다면, "요즘 내가 너무 부정적인 시각으로 세상을 바라보고 있구나"라고 생각해 보는 것도 좋습니다. 내가 가진 감정이 투영되어 그렇게 보이는 것일 수 있으니까요. 반대로, 처음 만난 사람에게서 좋은 점들만 눈에 띈다면, "내가 지금 삶을 긍정적으로 바라보고 있구나"라고 생각해도 좋습니다. 내 마음이 평온하고 따뜻할 때는 사람들도 그저 아름답고 긍정적인 면이 보이게 됩니다.

이처럼 우리는 사람을 통해 나 자신을 돌아보고, 내 마음 상태를 점검할 기회로 볼 줄 알아야 합니다. 부정적인 면이 보일 때는 그 원인이 나의 마음에 있지 않은지 되돌아보고, 긍정적인 면을 발견할 때는 내가 세상을 좀 더 아름답게 바라보고 있다는 것을 깨달으면 됩니다. 이렇게 사람을 바라보는 시선은 단순히 외적인 판단에 그치지 않고, 나 자신을 이해하고 성장하는 기회로 활용할 수 있습니다.

다른 사람들의 모습 속에서 내면의 불안이나 걱정을 확인하고, 이를 극복하려고 노력하면 한층 더 성장하고 마음을 다스리기 쉬울 거예요. 우리가 느끼는 감정과 생각은 모두 내 마음의 반영이라는 점을 잊지 마세요.

운동을 잘하는 친구를 곁에 두면
운동을 배울 수 있어서 좋고,
춤을 잘 추는 친구를 곁에 두면
춤을 배울 수 있어서 좋다.
누구를 만나든
그 사람을 배움의 기회로 보면 배울 점은 한없이 많다.

눈치가 빠른 사람들은 '척'을 한다

눈치가 빠른 사람들은 종종 자신의 진짜 감정을 숨기고, 눈치 없는 척하거나 아무렇지 않은 척하며 상황을 파악합니다. 이들은 타인의 기분을 살피며 그 사람의 진심을 알아내려 하죠. 관심이나 호감이 생기면 그것을 표면적으로 드러내기보다는 오히려 상대방에게 무관심한 척함으로써 불편함을 최소화합니다. 그 이유는 몇 번을 잘해 줘도 한 번의 거절에 반감을 드러내는 사람들이나, 호의를 당연히 여기고 무시하는 사람들이 있기 때문입니다.

이런 사람들로부터 자신을 지키기 위해 눈치가 빠른 사람들은 눈치 없는 척하며 자신을 이용하려는 사람들에게서 빠르게 벗어나려 합니다. 나쁜 사람들은 못 해줄 때 본성을 쉽게 드러내는 것 같지만, 오히려 더 잘 해주거나 약한 모습을 보여줄 때 본성을 더 쉽게 드러내기도 합니다. 눈치가 빠른 사람들은 이를 알고 먼저 '척'을 하는 것입니다.

또한 아무리 애를 쓰더라도 결국 떠날 사람은 떠나고, 남을 사람은 남는다는 사실을 알기에 현명하게 관계를 위해 미리 파악하는 것이죠. 사람과의 만남과 헤어짐이 어려서부터 익숙해지면서 이를 당연히 생각할 수 있지만, 사실 사람과 사람이 만나는 것은 결코 평범한 일이 아닙니다. 그 사람으로 인해 인생이 완전히 바뀔 수 있기 때문에, 인생에 누군가를 들이려면 항상 신중하게 판단해야 합니다.

그렇다고 너무 완벽한 사람을 찾으려고 한다면, 이 세상 누구도 만날 수 없을 겁니다. 서로에게 득보다 실이 많은 관계면 충분하니, 서로에게 최선의 결과를 만들어낼 수 있는 관계를 형성하세요. 꼭 최선이라고 해서 돈을 많이 벌고, 무언가를 하는 사람이라는 의미는 아니고요. 정말 편하게 말하고 털어놓는 사람이어도 괜찮습니다. 너무 복잡하게 생각하지 마세요.

의심이 가는 사람에게는 거리를 두고, 진심으로 다가오는 사람에게는 있는 그대로 받아들이면 됩니다. 완벽한 사람은 없으니까요. 당신이 좋은 사람이라면, 그에 맞는 좋은 사람도 분명 찾아올 것이고, 또 당신이 알아볼 겁니다.

왜 당신의 행복을 남에게서 찾는가

• *Today's Quote*

때론 너무 버겁고 힘들 때
잘하는 척, 씩씩한 척하는 것보다
못하는 척, 부족한 척할 때가
더 좋은 결과를 만들기도 한다.

어여쁜 시선

어여쁜 시선을 가진 사람들이 있습니다. "뭐 해?"라는 말에 "보고 싶다"는 숨겨진 마음을 읽고, "힘들어"라는 말에 "안아줘"라는 의미를 찾아낼 줄 아는 사람들이죠. 문장을 문장으로만 받아들이지 않고, 그 너머의 감정을 읽어내는 어여쁜 시선은 어디를 가든 사랑을 듬뿍 받게 됩니다. 이런 어여쁜 시선을 가진 사람들의 눈에는 세상이 다르게 비치게 됩니다. 비가 오는 날, 빗소리를 들으며 한가롭게 여유를 즐길 낭만이 보이고, 따스한 햇볕이 내리비치는 날, 산뜻한 풀냄새를 맡으면 산책의 행복을 만끽하게 됩니다. 이들은 행복을 의식적으로 찾는 것이 아니라, 그저 세상을 있는 그대로 바라보는 시선만으로 자연스럽게 행복을 끌어당깁니다.

착한 마음으로 자신만의 방식으로 타인을 감싸 안는 넓은 마음을 가진 사람들은 어떤 이는 침묵으로, 어떤 이는 다정한 한마디로, 또 어떤 이는 조용한 손길로 상대를 위로합니다. 이런 따뜻한 사람들은 단순히 세상의 밝은 면만을 바라보는 것이 아닙니다. 막막한 현실에서도 긍정적인 무언가를 찾아내고, 외로움 속에서도 함께할 가치를 발견하는 것이죠.

그래서 그들은 자신의 감정에 솔직할 수 있고, 작은 기쁨에도 크게 감사할 줄 아는 마음을 지니고 있습니다. 우리는 삶이 막막하고 외로울수록 이런 어여쁜 시선을 가져야 합니다. 세상과 타인의 진심을 놓치지 않고, 자신의 마음을 솔직하게 드러내어 세상을 어여쁘게 바라보는 것이죠. 그렇게 살아가는 것은 자기 자신에게도 큰 선물이 되며, 주변 사람들에게 따뜻함을 나눌 수 있는 사람이 됩니다.

좋지 않은 것에서도 좋은 것을 발견할 줄 아는 사람은 어떤 조잡하고 난잡한 상황에서도 그것을 이겨낼 힘을 가지게 됩니다. 어두운 면에서 밝은 면을 볼 줄 아는 사람이 되세요. 그럼, 대부분의 문제는 사라지게 될 것입니다.

• *Today's Quote*

"하루 중 가장 어두운 때는 해가 뜨기 직전이라고 한다.
몹시 힘들고 우울할 때는 이렇게 생각하자.
지금이 바로 해가 뜨기 직전이라고
이제 곧 해가 떠올라 모든 것이 환하고
따사로워질 것이라고 말이다."

– 어니 J. 젤린스키 –

왜 당신의 행복을 남에게서 찾는가

인생을 테트리스라고 생각하기

　인생을 테트리스 게임이라고 생각해보세요. 테트리스에서 실수로 블록 하나를 잘못 쌓았다고 해서 그것을 계속 신경 쓰고 있으면, 계속 내려오는 블록 때문에 게임이 끝나버리게 됩니다. 게임을 즐기는 방법은 잘못 쌓은 블록에 집중하기보다는, 계속해서 내려오는 블록들을 빈 공간에 맞춰 차곡차곡 쌓아 블록을 없애는 것입니다. 시간이 지남에 따라 블록의 형태가 바뀌고 속도도 빨라지지만, 새로운 블록을 맞추어 나가야 온전히 그 게임을 즐길 수 있죠.

　우리의 인생도 끊임없이 변화하는 상황 속에서 즐기기 위해서는 과거에 얽매이기보다는 이전의 선택을 잠시 미뤄두고 현재를 즐기며 살아야 합니다. 지나간 일이나 실수에 신경 쓰다 보면 현재와 미래를 놓치게 되기 때문에, 테트리스처럼 현재의 블록을 잘 쌓을 수 있을지 고민하는 것이 현명한 판단입니다. 내일은 어떤 재미있는 날이 올지, 다음에 실수했던 상황이 오면 어떻게 대처할 것인지 하루하루 기대하며 즐기는 것이죠.

지금 내가 할 수 있는 일에 집중하고, 경험을 통해 배운 교훈을 바탕으로 더 나은 선택을 하면, 과거의 실수를 반복하지 않고 더욱 성장할 수 있습니다. 우연히 과거의 좋지 않았던 경험이 현재 상황과 잘 맞아떨어져 예상치 못한 좋은 결과를 만들어낼 수도 있죠. 인생의 모든 선택들은 점점 맞아지는 블록처럼 시간이 지나면서 그 의미와 가치를 더해갑니다.

한 번 실수했다고 그게 끝이 아닙니다. 우리의 인생도 테트리스처럼 언제 어떻게 맞아떨어질지 모릅니다. 그러니 작은 실수를 했다고 자책하기보다는 그 경험을 어떻게 잘 활용할 수 있을지 고민해보세요. 그렇게 되면 어떠한 일이 물밀듯 몰려와도 그 일을 즐길 줄 아는 사람이 될 것입니다.

• *Today's Quote*

비록, 아무도 과거로 돌아가 새 출발을 할 순 없지만,
누구나, 지금 시작해 새로운 엔딩을 만들 수는 있다.
-칼 바드-

우울감은 통제하지 못함에서 온다

사람이 무기력해지고 우울해지는 순간은 상황이 내 통제를 벗어났다는 것을 느꼈을 때입니다. 저 역시 그런 경험이 있었습니다. 돈이 없어서 하고 싶은 것을 하지 못했을 때, 아무리 열심히 해도 성적이 오르지 않았을 때, 내가 아무리 노력해도 해낼 수 없다는 것을 느꼈을 때 순간 무기력감이 더해지고 우울해졌습니다. 지금 생각해 보면 이런 우울감이 자신감을 낮추고, 작은 일에도 큰 두려움을 느끼게 했습니다. 하지만 어른이 되어 돈을 벌고 독립적인 생활을 하면서 스스로 무언가를 해낼 수 있는 능력이 생기니, 그동안 저를 휘감았던 우울감은 사라졌습니다.

여기서 알게 된 것은 일상 속 우울의 주된 원인이 '내가 무언가를 이뤄낼 수 없다'는 깊은 '무능감'이라는 것입니다. 무능감은 인생이 나의 통제를 벗어난 것처럼 느끼게 만들고, 성공과 능력에 집착하게 하여 스스로를 더욱 불행하게 만듭니다. 그러나 불행을 계속 느끼기보다 노력한 만큼 잘되지 않아도, 다른 나의 때가 온다는 것을 믿고 꾸준히 문을 두드려야 합니다. 이문 저문 열심히 두드리다 보면 문은 반드시 열리게 됩니다. 반복되는 무기력함에 "내 분수에 맞는 문일까, 혹은 들어갔는데 알고 보니 낭떠러지가 아닐까?" 하는 걱정만 하지 않으면 됩니다. 생각은 생각일 뿐, 일단 부딪혀 보지 않으면 그 문 안쪽이 행복한 곳인지 불행한 곳인지 아무도 알 수 없습니다.

자신의 통제를 벗어났다는 것은 자신의 힘으로는 할 수 없다는 뜻입니다. 이때는 자존심을 내려놓고 포기하는 용기를 가지세요. 최선을 다했는데 문이 안 열렸을 때 다른 문을 두드리는 사람은 인생의 강약을 조절할 줄 아는 사람입니다. 무조건 세게 두드린다고 열리지 않습니다. 누군가 열어줘야 열리는 것이 문입니다. 우울함이 찾아온다면 내가 애초에 열리지 않는 문을 두드리고 있지는 않은지 생각해 보세요. 그러면 우울감에 빠지기보다는 다른 방법을 찾아보고, 그것을 해내게 되면 성취감을 느끼고 더욱 성장하는 멋진 삶을 살게 될 것입니다.

• *Today's Quote*

내가 통제할 수 있는 단 한 가지가 있다면 '바로 지금'입니다.
지금을 잘 활용해 보세요.

희로애락(喜怒哀樂)

인생은 '희로애락(喜怒哀樂)'입니다. 기쁨(희)이 있는가 하면, 성냄(로)이 있을 때도 있습니다. 슬픔(애)을 느끼는 순간도 있고, 즐거움(락)을 누리는 날도 있죠. 인생은 결코 한결같을 수 없습니다. 아무리 미래를 알 수 없다고 해도, 슬픈 날들이 계속된다면 행복한 날들이 반드시 찾아오고, 너무 행복한 일이 계속되면 그만큼 어려운 일도 생기기 마련입니다. 터널을 처음 보면 어둡게만 느껴지지만, 그 끝에는 언제나 빛이 보이는 것처럼 인생의 어려움도 결국 끝이 있습니다.

우리가 인생을 대할 때 가져야 할 자세는 희로애락을 명심하고 사는 것입니다. 어려운 순간이 오면 웃음을 잃지 않고, 기쁜 날에는 그 순간을 온전히 즐기며, 언젠간 올 어려움을 준비하는 마음을 가지는 것이죠. 인생을 지나치게 무겁게 받아들이거나, 너무 행복하게만 살려 하는 치우친 생각은 언제나 불행을 불러옵

왜 당신의 행복을 남에게서 찾는가

니다. 균형을 유지하려면 자신의 언어를 중요시해야 합니다. 언어가 망가지면 생각도 망가지기 때문이죠.

예를 들어, 아무리 힘들어도 "못 하겠어"라고 말하기보다는 "못하지만 도전할게"라고 말하는 것이 중요합니다. "모르겠어"보다는 "모르지만 해볼게"라는 말이 부정적인 생각을 이겨내는 힘이 되어줍니다. 또한, 이 모든 것을 시간적 개념으로만 보지 않았으면 합니다. 지금의 어려움이 평생 이어질 것처럼 느껴지기도 하고, 반대로 행복이 끝나지 않을 것처럼 착각하게 될 때가 있습니다. 이러한 착각은 더 큰 기대와 고단함을 만들어냅니다. 그저 "어둠이 깊으면 별빛이 더 빛나겠구나"라는 마음으로 살아가면 좋습니다.

좋은 날이든 슬픈 날이든, 인생을 함부로 단정 짓지 말고 그 순간순간에 주어진 것들에 감사하는 마음을 가져보세요. 부모님이 살아계시면 감사의 말을 전하고, 건강한 자식이 있다면 마음껏 사랑을 표현하세요. 그리고 사랑하는 사람이 있다면 마음을 다해 애정을 전하면 되겠습니다. 인생은 어떻게 흘러갈지 모르는 것이니까요.

실수해도 되고, 도망쳐도 되고, 미끄러져도 돼.
그렇다고 인생이 망한 건 아니잖아.

현명하게 살지 않아도 괜찮습니다

꼭 현명하게 살지 않아도 괜찮습니다. 오히려 세상을 논리적이고 효율적으로만 바라보면 놓치는 것들이 많습니다. 누군가가 "저기 커피 냄새 좋지 않아?"라고 말했을 때, "그러네! 한 잔 마셔 볼까?"라고 자연스럽게 반응할 수 있는 사람이 "집에서 마시는 게 훨씬 싸고 편해"라고 말하는 논리적인 사람보다 더 나은 것처럼 말이죠. 세상은 우리에게 늘 효율적이고 현명하게 살라고 강요하지만, 그 강박에서 벗어나는 것이 더 의미 있는 삶을 만들어 줄 때가 많습니다.

조금은 바보 같고 멍청해 보여도 비효율적으로 살아보세요. 추운 날 사랑하는 사람을 위해서 추위를 뚫고 붕어빵을 사 오는 것과 같은 논리적으로 설명할 수 없는 일들이 더 큰 행복을 불러오는 것처럼 말이죠. 그렇다고 현명함을 완전히 무시하라는 것은 아닙니다. 중요한 결정을 내려야 하는 순간이 오고, 그 순간의 선택에 책임도 져야 하니깐요. 하지만 그 과정에서 내가 손해 보지 말아야 한다는 강박을 내려놓자는 것입니다.

우리에게 중요한 건 삶을 가볍게 바라보는 태도입니다. 조금은 어리석어 보일지라도 감정에 솔직할 수 있는 용기를 갖는 것이죠. "지금 당장 이게 옳은 선택일까?"보다 더 현명한 생각은 "이 선택이 나에게 무엇을 느끼게 해줄까?"라는 물음입니다. 계획대로 흘러간 완벽한 순간보다, 계획과 다르게 흘러갔어도 그 안에서 뜻밖의 기쁨을 발견한 순간들이 더 오래 남게 되어 있습니다.

행복은 늘 예상치 못한 곳에서 찾아옵니다. 일정을 마치고 집에 가다 보게 된 노을, 길을 걷다 우연히 본 꽃 한 송이, 무심코 올려다본 새파란 하늘, 친구와 우연히 나눈 추억의 대화와 같은 것들에서 말이죠. 완벽하게 맞춰진 퍼즐 같은 삶보다는, 어쩌다 맞춰진 퍼즐의 한 조각 같은 순간들을 즐기는 사람이 되세요. 그런 사람이야말로 소소한 행복을 즐길 줄 아는 사람입니다. 조금 부족하고, 어리석어 보여도 괜찮습니다. 소소한 행복을 느낄 수 있다면 그것만으로도 충분히 가치 있는 삶이니까요. 지금 행복하다면 너무 현명하게 살려고 애쓰지 않으셔도 괜찮습니다.

왜 당신의 행복을 남에게서 찾는가

• Today's Quote

네가 억지로 붙잡아서 오는 건
행복이 아니라 쾌감이야.
진짜 행복은 자연스레 너에게 찾아오는 거야.

배려가 불편함으로 느껴지는 순간

배려가 불편하게 느껴질 때, 우리는 이를 '오지랖'이라고 표현합니다. 오지랖은 '내가 너였다면'이라는 상상에서 시작되는 조언과 충고에서 나옵니다. 이것은 단순히 선을 넘는 것 이상의 불편함을 만들고, 그 불편함은 상대를 대하는 방식과 태도에서 느껴지게 됩니다. 아무리 상대방의 입장을 생각하고 배려하는 마음이 이쁘다고 해도, 상대방의 상황이나 감정을 무시한 채 자신만의 기준으로 판단하게 되면 미움을 살 수밖에 없습니다.

이런 사고방식은 서로의 차이를 인정하지 않고 자신의 가치관을 강요하는 관념에서 비롯됩니다. 상대방을 위한다는 명목을 내세우지만, 엄밀히 말하면 상대방을 위한 것이 아닌 자기만족에서 나오는 행동입니다. 상대방의 동의 없는 행동은 선을 넘게 되고, 무례함으로 다가가게 되는 것이죠.

선의로 포장된 오지랖은 자신의 입맛대로 상대를 조종하려는 권위적인 생각에서 나오는 위험한 생각입니다. 만약 내가 오지랖을 부리는지 아닌지 파악하려면, 나의 행동이 정말 타인이 원하는 행동일까 생각해보면 됩니다. 만일 그 오지랖이 나 혼자만의 생각으로 한 행동이라면 그건 오지랖이고, 타인에게 "도와줄까?"라고 물어보았을 때 흔쾌히 수락한다면 그건 오지랖이 아닌 겁니다.

장난도 내가 장난으로 받아들여야 장난이 되는 것처럼, 배려도 내가 배려로 받아들일 때 진정한 배려가 되는 것이기 때문입니다. 생각보다 오지랖으로 인해 관계가 틀어지는 경우가 많습니다. 가장 확실한 방법은 혼자 생각해 선뜻 도와주기보다는 먼저 상대방에게 도움이 필요한지 물어보세요. 상대방에게 의견을 묻는 작은 한마디가 오해를 막아줍니다.

• *Today's Quote*

지금 남 걱정할 때 아닌 거 알지?

서운함을 표현하는 일

연애를 하다 보면 서운한 감정을 느낄 때가 많습니다. 상대와의 관계에서 서운한 감정으로 끝내지 않으려면 그 감정을 억누르지 않고, 상대에게 솔직하게 말해야 합니다. 입장 바꿔 생각하면 쉽게 답이 나옵니다. 상대방이 불편하거나 서운한 마음을 얘기하지 않고 혼자만의 감정으로 묵혀둔다면, 당사자는 정말 답답할 겁니다.

이처럼 당신이 서운함을 느끼고 있는데도 말하지 않으면 상대에게 변명할 기회조차 주지 않게 되는 겁니다. 그래서 "왜 그때 말하지 않았냐?"는 말과 "지친다"는 말로 이별을 고하는 사람들이 많은 것이죠. 서운함은 억누른다고 자연스럽게 사라지지 않습니다. 시간이 지날수록 작았던 감정은 배로 돌아와, 모든 상황이나 말에 그 이유가 붙게 됩니다. 예를 들어, 전화를 받지 않으면 상대방의 게으른 습관 때문이라고 생각하게 되고, 밥 먹으러 가까운 곳에 가면 귀찮아하는 성격 때문에 그곳에 간다고 판단하게 됩니다.

정말로 상대방과 좋은 관계를 유지하고 싶다면 감정이 커지기 전에, 일찍이 그것을 표현하는 것이 좋습니다. 감정을 묵히고 지나쳐버린다면, 시간이 흘러 당신과 상대 사이의 간격은 점점 벌어지고, 결국 그 틈을 메우기 어려운 상황에 부닥치게 될지도 모릅니다.

감정이 쌓이면 바로바로 마음을 전달해 주세요. 그렇다고 상대에게 서운함을 전할 때 감정적으로 몰아붙이거나 비난하는 방식은 피해야 합니다. 상대도 사람이니 차분하게 배려하는 말투로 말하는 것이 가장 중요합니다. 예를 들어, "네가 이렇게 해서 정말 서운했어"라고 직접적으로 비난하기보다는 "이 부분에 대해서 너와 대화를 나누는 것이 우리 관계에 좋을 것 같아. 너의 이런 행동이 내게는 이렇게 느껴졌는데, 내가 제대로 이해한 게 맞을까?"라고 구체적이고 부드럽게 대화하는 방식이 훨씬 더 효과적입니다.

이렇게 말하면 상대방은 방어적인 태도보다 이해하려는 마음으로 받아들이게 됩니다. 오랫동안 행복한 연애를 하는 연인들을 보면 절대 서운함을 마음속에 쌓아두지 않습니다. 그들은 싸울 때도 존댓말을 쓰는 규칙으로 자신들만의 대화법으로 문제를 해결합니다. 어찌 됐든 서로의 입장을 존중하며 대화한다면 감정적으로 얽혔던 부분도 자연스럽게 풀리게 될 겁니다.

제 경험에 비춰봤을 때, 많은 경우 서운함은 오해에서 비롯된 경우가 많았습니다. 오해를 쌓지 않기 위해서는 상대방과 마주보며 대화하는 방법이 가장 빠른 방법입니다. 작은 감정이라도 속에 쌓아두지 말고, 서로에게 솔직하게 말하는 습관을 들이길 바랍니다.

• *Today's Quote*

서운함을 자주 느낀다면
자신의 기대치만큼 해주지 않는 상대를 탓하기보다
나의 기대치가 너무 높지는 않았는지 생각해 보세요.

망설이는 이유는 책임을 지고 싶지 않아서이다

인생에는 정답이 없습니다. 우리는 누구나 각자의 길을 선택하고 그에 따라 살아가는 것뿐입니다. 하지만 그 선택의 순간마다 많은 이들이 고민하고 망설입니다. 왜일까요? 그 이유는 선택에 따른 결과에 책임을 지는 것이 두렵기 때문입니다. 만약 잘못된 선택을 한다면, 그 결과로 인해 상처를 입거나 후회할까 봐 망설이는 것이죠.

사람들은 종종 선택의 책임을 회피하기 위해 다른 누군가에게 결정을 맡기거나, 시간이 지나면 상황이 저절로 해결되기를 바라기도 합니다. 그러나 인생에 완벽한 선택은 없습니다. 모든 선택에는 긍정적인 면과 부정적인 면이 공존하며, 그로 인해 얻게 되는 것과 잃게 되는 것이 있을 수밖에 없습니다. 중요한 것은 어떤 선택을 하든 그 결정을 받아들이고, 그 결과에 대해서도 책임질 각오를 다지는 것입니다. 망설임이 계속된다면 선택의 무게가 더 커질 뿐, 문제를 해결해 주지는 않습니다. 오히려 결정하지 않고 시간을 보내는 동안에도 인생은 흘러가고, 선택하지 않은 것도 결국 하나의 선택이 되어버립니다. 그러니 너무 두려워하지 말고, 자신을 믿고 앞으로 나아가야 합니다. 우리가 미리 모든 결과를 알 수는 없지만, 그럼에도 선택하는 것이 인생을 살아가는 과정 중 하나이기 때문이죠.

만약 정말 중요한 선택을 해야 할 때 실수하기 싫다면, 반대로 생각해 보면 됩니다. 만일 당신이 한 선택을 책임지지 못하겠다 싶으면 그 선택을 하지 않으면 됩니다. 항상 선택할 때 책임감에 대해 생각해 보시면 더 나은 선택을 할 수 있을 것입니다. 뭐든 계속해서 망설이기만 한다면 선택의 무게는 더 커지고, 오히려 문제는 해결되지 않은 채 책임감만 커질 뿐입니다. 선택의 결과는 예측할 수 없는 경우가 많지만, 그 결과가 무엇이든, 그것을 받아들이고 앞으로 나아가는 자세로 살아보세요. 그것이 인생을 존중하는 자세이자, 현명한 자세입니다.

왜 당신의 행복을 남에게서 찾는가

• *Today's Quote*

실천은 단순한 생각에서 나오는 것이 아니라
책임질 준비에서 시작된다.
-디트리히 본회퍼-

'언제'보다 '어떻게'

인생에서 중요한 것은 '언제' 성취를 이루었느냐보다 '어떻게' 목표에 도달했느냐입니다. 피카소는 9세에 첫 유화를 그리며 천재로 불렸지만, 톨스토이는 30대 중반에야 그의 대표작을 집필하기 시작했습니다. 배우 모건 프리먼은 50세가 되어서야 유명세를 얻었고, KFC 창립자 콜로넬 샌더스는 60대에 이르러 성공을 거두었습니다. 이처럼 인생에서 성취는 나이에 상관없이 언제든 찾아올 수 있습니다. 중요한 것은 성취를 이룬 시기가 아니라, 그 성취를 이루기까지의 과정과 노력입니다.

빠르게 목표를 이뤘다고 해서 인생이 끝까지 순탄한 것도 아니며, 늦게 성공했다고 해서 그 끝이 완벽한 것도 아닙니다. 각 시기마다 그에 따른 고충이 존재합니다. 빠르게 성공한 사람은 공허함이 더 일찍 찾아올 수도 있고, 늦게 성공한 사람은 그만큼 오랜 마음고생을 했을 수도 있습니다. 내가 얼마나 힘들었고, 어떤 과정

왜 당신의 행복을 남에게서 찾는가

을 겪었는지에 대한 평가는 오롯이 자기 자신에게 달려 있습니다.

인생을 달리기 시합처럼 생각하면 안 됩니다. 목표는 누가 더 빨리 이뤄냈는지 경쟁하는 것이 아니라, 결국 해내기 위한 것입니다. '언제' 이뤄냈느냐보다 '끝내' 목표를 이뤘다는 성취감을 느끼는 사람이 되길 바랍니다. 묵묵히 자신만의 길을 걸으며 꾸준히 노력하는 사람은 언젠간 반드시 자신의 목표를 이루게 됩니다. 어떠한 유혹이 와도 굴하지 말고, 할 수 있는 것에 최선을 다해 보세요. 만일 조금 더 빠르게 성공하고 싶다면 속력을 생각해 보세요. 속력은 속도의 크기 또는 속도를 이루는 힘입니다. 빠르게 나아간다고 되는 것이 아니라, 속력을 내기 위한 힘과 크기가 필요합니다. 성급한 마음에 무조건 빠르게 하려 하지 말고, 이를 이루기 위한 명확한 목표와 목표에 대한 지식, 성취하고자 하는 열정을 가져보세요. 그러면 조금 더 빠른 성취를 이룰 수 있을 것입니다.

• *Today's Quote*

답답하시죠?
괜찮습니다.
성취의 시작은 원래 답답함입니다.

편해지고 싶을 때 정말 끝이 옵니다

관계를 정말 끝내고 싶을 때가 있습니다. 이는 부들부들 몸이 흔들릴 정도로 화가 나거나, 얼굴도 쳐다보기 싫을 정도로 미운 상태가 아닙니다. 오히려 모든 감정을 내려놓고 편안해지고 싶을 때, 모든 것이 제자리로 돌아가고 잠깐 잊었던 고요함을 되찾고 싶을 때입니다. 화가 나거나 실망스러운 감정은 참거나 맞춰가면 되겠지만, 뭔가 툭 하고 끊어져 더 이상 그럴 기력조차 없다면, 그때부터는 모든 걸 내려놓게 됩니다. 서운한 감정이나 미운 감정도 어느 정도의 미련이 남아야 생기는 것일 겁니다. 편해지고 싶은 관계에서는 그러한 감정조차 들지 않죠. 사람 사는 게 원래 싸우기도 하고 울기도 하면서 성장하는 것이라고 하지만, 더 이상 내 마음에 그 사람을 받아들일 빈 공간이 없으면 어쩔 수 없습니다. 이때부터는 관계를 놓지 않고 붙잡고 있으면 억지스러운 관계가 되고, 그 억지스러움이 얼마나 자신을 비참하게 만드는지 깨닫게 됩니다. 사귐과 이별은 이렇게 왔다가 저렇게 사라지기도 합니다. 나와 닮았다고 생각하여 빈자리를 내주었어도, 닮았다는 것은 다른 점도 있다는 뜻입니다. 이제는 더 이상 주지도 받지 못하겠다 싶을 때, 어떤 핑계도 변명도 소용없기 때문에 그 관계는 정리해야 합니다. 함께해온 세월 덕분에 머리는 아니라고 하겠지만, 마음은 이미 끝을 내야 한다고 선언했을 것입니다. 이때는 자신을 힘들게 하지 말고 마음을 쉬게 해주세요. 사람은 견딜 수 없을 정도로 힘들 때, 편안함을 찾게 되는 본능이 있습니다. 관계에서 편안함을 찾는 마음이 생긴다면, 정말 위험 신호이니 쉬어주어야 합니다. 놓지 못하고 계속 붙잡는다면 그 관계는 비참해질 수밖에 없습니다. 그러니 자신을 위해서라도 쉬어주세요.

• *Today's Quote*

선을 자르면 어떤 선이든 다시 붙여도
처음처럼 매끄럽지 못한 법입니다.
사람도 마찬가지입니다.
이별을 했으면 다시 만나도
예전처럼 매끄럽게 이어지지 않을 때가 많습니다.

진짜 어른의 예의

우리는 각자 다른 방식으로 세상을 살아갑니다. 어떤 사람은 철저하고 꼼꼼하게, 또 어떤 사람은 느긋하게 살아가죠. 하지만 종종 타인이 자신의 기준에 미치지 못하면 답답함을 느끼곤 합니다. '내가 할 수 있는데 왜 저 사람은 못할까?'라는 생각이 드는 것이죠. 우리는 '나' 자신에게는 자유롭게 행동할 권리를 주면서도, 다른 사람에게는 똑같은 자유를 허락하지 않는 경우가 많습니다. 이런 마음으로 세상을 살면 화가 날 일이 자주 생깁니다.

사람들과 잘 어울려 살기 위해서는 스스로에게 관대하게 대하듯이 타인에게도 그럴 필요가 있습니다. 만약 내가 나의 부족함이나 실수를 용서할 수 있다면, 상대방의 실수나 서툴함도 이해해 줘야 합니다. 그래야 그 사람이 나와 다른 방식으로 행동하는 것이 자연스러워지고, 서로에게 배울 점을 찾을 수 있습니다.

남의 좋은 점과 부족한 자신을 비교하는 것이 열등감이라면,

남의 나쁜 점과 자신의 좋은 점을 비교하는 것은 이기심입니다. 자신을 이해하고 받아들이는 만큼, 타인의 이기적인 부분도 인정해야 합니다. 내가 어떤 선택을 할 때 나만의 기준과 감정을 따르듯이, 상대방도 자신의 기준에 따라 행동할 수 있다는 사실을 받아들이는 것이죠. 내가 자유롭게 살고 싶다면, 남도 그만큼 자유롭게 살아갈 수 있는 권리가 있다는 것을 잊지 말아야 합니다.

상대를 존중하고, 그들의 다름을 인정하면 인간관계에서 많은 불필요한 갈등이 사라집니다. '왜 저렇게 행동할까?'라는 질문보다는, '저 사람은 왜 저런 선택을 했을까?'라고 묻는 것이 더 나은 접근입니다. 이해가 안 가는 상대를 억지로 바꾸려 하기보다는, 자신의 이기심을 인정하고 서로의 입장을 존중하는 것이 평화로운 관계를 만드는 길입니다.

각자의 삶을 살아가면서도 함께 잘 살 방법은 나와 다르다는 점을 받아들이고 존중하는 것입니다. 우리는 완벽하지 않고, 그 누구도 완벽할 수 없습니다. 자기는 똑 부러지게 잘 살더라도 남이 그러지 못한다면 못 본 척 넘어가 줄 수 있어야 합니다. 서로의 차이를 이해하고 감싸안는 것이야말로 진짜 어른의 예의가 아닐까 싶습니다.

• *Today's Quote*

예(禮)가 아니면 보지도 말고

예(禮)가 아니면 듣지도 말고

예(禮)가 아니면 말하지도 말고

예(禮)가 아니면 행동하지 말아야 할 것이니

이 네 가지는 몸을 닦는 요점이다.

-율곡 이이-

왜 당신의 행복을 남에게서 찾는가

관계를 너무 정의하지 마세요

어릴 때부터 다양한 사람을 만나고 경험하면서, 우리도 모르게 상처를 받았기 때문인지, 어느 순간부터 '친구'라는 개념에 엄격한 기준을 세우고 살고 있는 것 같습니다. "이래야 진짜 친구고, 저러면 나쁜 친구"라는 이분법적인 사고가 그렇습니다. 사람을 쉽게 좋고 나쁨으로 판단하는 것은 새로운 사람들과의 만남에 많은 제약을 만듭니다. 딱 잘라서 생각하지 말고, 나에게 부정적인 영향을 주는 사람은 멀리하고, 긍정적인 영향을 주는 사람은 가까이 두는 것처럼 간단하게 생각해보는 건 어떨까요?

'진정한 친구'라면 언제나 생일을 챙기고, 나의 아픔을 알아주고 위로해 줘야 한다는 숨 막히는 기준은 잠시 내려놓는 겁니다. 관계는 언제든 변할 수 있습니다. 오랫동안 보지 못한 사람이 갑자기 같은 동네로 이사 와 둘도 없는 친구가 될 수도 있고, 정말 평생 함께할 것 같던 직장 동료와 이직 후 연락이 끊길 수도 있습니다. 어렸을 때는 성격이 맞지 않아 거리를 두었던 사람이 성인이 된 후에 보면 의외로 잘 맞을 수도 있죠.

인간관계를 너무 자로 잰 듯 관리하려 하면 오히려 더 가식적으로 느껴지고 힘들어질 수 있습니다. 저 역시 학교 시절에 많은 친구를 사귀었지만, 성인이 되어 보니 몇 명만 남아 있더군요. 심지어 평생 갈 것 같았던 친구들도 내가 필요할 때 '짜잔' 하고 나타나는 '슈퍼맨'이 되지는 않았습니다. 우리가 생각하는 완벽한 친구는 사실상 존재하지 않습니다. 그들도 상황이 맞아야 도와줄 수 있는 거죠. 나를 도와주고 못 도와주고를 일일이 따지기보다는 상황이 허락될 때 나를 찾아주는지에 집중하면 마음이 더 편해질 겁니다.

사람 일은 정말 모르는 겁니다. 내가 무시했던 사람에게서 위로를 받을 수도 있고, 나를 괴롭혔던 사람이 어느 날 진심으로 용서를 구하며 평생의 친구가 될 수도 있습니다. 그러니 친구를 너무 딱 잘라 정의하지 말고, 흐름에 따라 인연을 받아들이는 것이 더 편안한 관계를 만드는 방법입니다.

왜 당신의 행복을 남에게서 찾는가

의지박약은 자신감에서 비롯된다

할 일이 산더미처럼 쌓여 있는데, 잠시 쉬었다가 해야겠다는 생각에 시간을 보내다 보면 어느새 몇 시간이 훌쩍 지나가죠. 그 후에야 비로소 일을 시작하지만, 겨우 1시간도 안 돼서 뭔가 해낸 것 같은 착각에 빠집니다. '이만큼 했으니 조금 쉬자'는 마음으로 남은 시간을 핸드폰을 보거나 텔레비전을 시청하는 데 낭비하게 되죠. 그리고 잠자리에 들 때가 되면 "왜 나는 이것도 제대로 못 할까?"라는 질문이 스스로를 무겁게 만듭니다. 이런 상황은 쉽게 빠져나오기 어려운 무한 루프처럼 느껴지고, 의지박약인 자신을 자책하게 됩니다.

이는 의지 부족이나 게으름 때문이라고 생각할 수도 있지만, 따지고 보면 이건 자신감의 문제입니다. 예를 들어, 운동을 위해 운동장 5바퀴를 뛰어야겠다고 목표를 정해 놓았을 때, 달리기에 자신감이 있는 사람은 정말 뛰기 귀찮은 날에도 "금방 뛰니깐 빨리 뛰고 쉬어야지"라고 생각합니다. 반면, 달리기에 자신감이 없는 사람은 '언제 저걸 다 뛰어?'라는 생각과 동시에 "귀찮네, 오늘은 하루만 쉴까?"라고 그날 운동을 쉬게 되는 것이죠. 즉, 자신의 실력에 자신이 있는 사람과 없는 사람은 실행 능력에서 명확한 차이가 납니다. 이는 '열심히' 한다는 것에 너무 집중한 나머지 '확실함'의 가치를 잊어버렸기 때문입니다.

달리기를 잘하는 사람은 '확실한' 5바퀴의 목표를 보는 반면, 달리기를 못하는 사람은 '열심히' 뛰어야 하는 5바퀴를 보게 되는 것입니다. 아무리 게으르고 의지가 약한 사람이라 해도 자신이 좋아하는 것이나 잘하는 것이 있으면, 그것을 먼저 해내게 되어 있습니다. 의지박약은 의지보다 자신감 부족에서 반복되는 실수와 미루기에서 비롯되는 경우가 많습니다.

그래서 의지박약이 되어버리지 않기 위해서는 자신에게 조금은 너그러워질 필요가 있습니다. 자신감은 스스로를 믿는 감정입니다. 스스로를 믿게 만들려면 명확한 계획과 함께 꾸준히 실행할 수 있는 작은 단계들을 구성해 하루에 조금씩이라도 성과를 내는 목표를 설정해야 합니다. 쉴 때는 다른 일을 전혀 신경 쓰지 않고 오로지 휴식을 취하는 것도 중요하죠. 그렇게 작은 것들부터 꾸준히 실천해 보세요.

꾸준함이란 무한한 에너지로 쉬지 않고 달린다는 의미가 아닙니다. 한결같이 부지런하고 끈기가 있다는 의미입니다. 자신을 비난하는 대신, 오늘 조금이라도 더 나아갔다는 사실에 만족하고 내일의 계획을 세우는 것입니다. 그러다 보면 점점 생각이 "이거 언제 하지?"에서 "금방 끝내 버리고 쉬어야지"라는 긍정적인 방향으로 바뀌게 됩니다.

자책을 매일매일 하다 보면 흔히 말하는 '노잼 시기'가 오게 되고, 인생이 무료하고 자꾸 포기하게 되는 거예요. 꼭 완벽한 하루를 보내지 않아도 괜찮습니다. 오늘 하루 나아간 것에 만족하고, 내일 못한 것을 더 해보자는 각오를 다져보세요. 그러면 조금씩 성장하는 당신이 될 것입니다.

• *Today's Quote*

꼭 해야만 할 일이 있을 때는
기분이 그 일을 할 정도가 될 때까지 기다리지 말고,
귀찮더라도 최대한 할 수 있을 만큼 하세요.
그럼, 의지도 알아서 따라오게 되어 있습니다.

부딪히는 일

건강한 사고는 결코 혼자서 생겨나지 않습니다. 사람들과 마주하다 보면 다양한 가치관과 사고방식을 가진 이들을 만나게 되고, 이를 통해 세상에는 나와 다른 세상이 있다는 것을 배우게 되죠. 이 과정에서 우리는 더 넓고 건강한 사고를 형성하게 됩니다. 타인과 부딪혀본 경험이 없는 사람은 '맞고 틀림'이라는 단어에 갇혀 너무 선을 긋는 성향이 있습니다. 이들은 자신의 생각과 조금만 다르면 "네가 잘못했네"라는 생각으로 단번에 그 사람과의 연을 끊습니다. 그러나 이런 회피적 사고는 건강하지 못합니다. '똥이 더러워서 피한다'고 하지만, 사람들과 많이 부딪혀 보지 못한 사람은 그 똥이 정말 더러운지 깨끗한지 구별하기 쉽지 않습니다. 그래서 더 부딪혀봐야 합니다. 실수했으면 인정하고 사과하며 배우는 것입니다. 그런 과정을 통해 함께할 사람인지 아닌지를 구분할 줄 아는 판별력이 생기게 됩니다. 그러다 보면 자신을 좀 더 알게 되고 자존감도 올라가게 됩니다. 자기 손으로 부

왜 당신의 행복을 남에게서 찾는가

딪히며 쌓아 올린 자존감은 절대 무너지지 않습니다. 더 이상 열등감이나 타인의 눈치를 보며 괴로워하지 않게 되고, 거기서 진정한 '나다움'을 찾아가게 되죠. 나다움을 찾은 사람의 태도에서는 우아함이 드러나기 마련입니다. 여기서 말하는 우아함이란 멋진 옷차림이나 겉모습이 아니라, 좋지 않은 상황에서도 상대방에게 따뜻한 말을 할 수 있는 마음의 여유를 의미합니다. 부담스럽다고 한 번 회피하면, 다음에 똑같은 부담스러운 일이 왔을 때 또 도망가게 되고 자신의 한계를 가두게 되는 겁니다. 부딪혀야 할 때는 부딪혀 보세요. 보이는 게 다라고 생각하지만, 내가 아는 세상이 전부가 아닙니다. 각자의 차이를 인정하고 받아들이는 것이야말로 정말로 자존감이 높은 사람입니다. 부딪히는 일을 나쁜 것으로 생각하지 말고, 시야를 넓히는 중이라고 생각해 보세요. 한 번도 부딪혀 보지 않은 사람보다 더 성장해 있을 겁니다.

• *Today's Quote*

"내가 좀 쩔어" 이게 자신감이고,
"못 나면 좀 어때" 이게 자존감이다.
어떻게 보면 후자가 더 광인(狂人)이다.

3장

나도 행복해집시다

행복의 기준

우리는 더 나은 삶을 살기 위해, 그리고 스스로가 정한 행복을 위해 다양한 기준을 만듭니다. 그러곤 '이 조건이 충족되면 행복할 것'이라고 생각하죠. 더 좋은 직장을 얻으면, 더 많은 돈을 벌면, 더 인정받으면 행복할 거라고 믿습니다. 그러나 좀 더 깊이 생각해 보면, 이러한 조건들이 오히려 현재의 행복에서 더 멀어지게 하고 있다는 사실을 알 수 있습니다. 이러한 기준은 처음에는 긍정적인 동기에서 비롯됩니다. 우리는 더 나은 삶을 원하고, 더 좋은 상황을 기대하기에 목표를 설정하고 그 목표를 이루기 위해 노력합니다. 하지만 시간이 지나면서 사람의 욕심은 끝이 없기에 점점 목표가 더 엄격해지고, 그것을 이루지 못했을 때 불행하다고 느끼게 됩니다. 이는 마치 스스로 쳐 놓은 행복의 장벽 속에 갇히는 것과 같습니다.

행복은 목표나 조건을 이루는 데 있는 것이 아니라, 현재의 순간을 어떻게 받아들이고 느끼느냐에 달려 있습니다. 우리가 행복을 특정한 조건으로 정해 놓으면, 그 조건을 이루기 전까지는 행복을 느낄 자격이 없는 사람처럼 행동하게 됩니다. '이것을 해내야만 나는 만족할 수 있어'라는 생각을 끊임없이 하게 되는 것이죠. 조건을 달성하지 못해도 내 삶 속에서 충분히 행복을 느낄 수 있는 여유를 가져야 합니다. 자신의 기준이 삶의 동기부여가 될수도 있지만, 그 목표가 나의 행복 전체를 좌우하지 않도록 해야합니다. 지나치게 특정 조건에 얽매이기보다는 지금 내 삶에서 찾아낼 수 있는 즐거움들을 놓치지 않는 것이 중요합니다. 행복은 조건을 달성한 후에 찾아오는 것이 아니라, 지금 내가 어떻게 느끼고 있고, 현재를 어떻게 받아들이고 있는지에 달려 있습니다. 내 기준을 조금만 내려놓고, 오늘의 순간에 집중하는 것이 우리를 더 행복하게 만들 수 있습니다.

• *Today's Quote*

> 안 되면 되는 거 하세요.
> 그 기준에 못 미친다고
> 진짜 미치지 마시고.

왜 당신의 행복을 남에게서 찾는가

내가 잘 살고 있다는 증거

누군가가 나를 비난하고 있다면 나름 잘 살고 있는 것입니다. 잘난 사람은 품위를 유지하기 위해 자신을 낮추지만, 못난 사람은 자신을 돋보이기 위해 타인을 깎아내리기 때문이죠. 못난 사람은 타인의 피나는 노력을 재능으로 착각하고, 극적인 성공은 운이라고 질투하며, 남을 배려하는 착한 성품은 착한 호구라고 조롱합니다. 이렇게 남을 깎으면서까지 자신을 드러내는 사람은 정작 제대로 할 줄 아는 것이 하나도 없습니다. 특별히 자신을 내세울 것이 없는데 자존심은 세고, 그로 인해 열등감은 마구 쌓이게 되는 것입니다. 그런 사람들이 살아갈 이유를 찾는 방법은 남을 낮추면서 자신을 드러내는 것이죠.

그러니, 누군가 열심히 살고 있는 당신을 비꼬거나 욕한다면 "아, 나는 열심히 살고 있구나"라는 긍정적인 생각을 해보세요. 만약 그렇게 하지 않고 타인의 비웃음에 주눅 들게 되면 노래 부르는 것을 좋아하는 사람이라고 쳤을 때 노래 연습조차 하지 않게 되어 평생 노래 한 곡 제대로 부르지 못하게 될 것이고, 요리를 좋아하는 사람이라면 맛 평가에 요리하지 않게 되어 자기 식사조차 챙기지 않게 됩니다. 결국, 당신의 세상은 그렇게 좁아지게 될 거예요.

배아파서 하는 타인의 평가나 놀림, 비교는 당신이 성장하는 데 하등 쓸모가 없습니다. 사람의 충고가 좋게 보인다고 해도 그것이 진심에서 우러나오는 것이 아니면 의미가 없습니다. 진정한 충고는 말하는 사람도 걱정이 될 때 이루어지는 것이죠. 꼴 보기 싫어서 하는 충고를 믿고 "나는 그런 사람이 되어야 한다"는 수식어를 붙이는 것은 오히려 자신을 괴롭게 만들 뿐입니다.

인생을 진지하게 바라보는 태도는 살아가면서 꼭 필요한 자세이지만, 그것이 강박이 되어서는 안 됩니다. 어디를 가든 성공한 사람은 욕을 먹고, 잘하는 사람은 질투를 사게 마련입니다. 항상 사랑만 받으면 좋겠지만, 그러지 못한다는 것을 인정해야 합니다. 그렇다고 겁먹지는 마세요. 지금껏 살아온 용기가 있었다면, 미움받을 용기도 충분히 가질 수 있습니다. 생각이 길어지면 용기가 사라지기 마련이니, 겁내지 말고 자신만의 길을 당당하게 걸어가세요. 지금까지 버텨온 것만으로도 충분히 잘 해내고 있습니다.

• *Today's Quote*

타인에게 피해만 안 입힌다면
하고 싶은 거 하세요.
자꾸 남 눈치보면 생각했던 것보다
더 이상한 거 하게 됩니다.

문제는 나로부터 나온다

우리가 어려움을 겪을 때, 종종 그 원인을 외부에서 찾으려는 경향이 있습니다. 그러나 이럴 때 기억해야 할 중요한 점이 있습니다. 내 기분이 좋지 않을 때는 누군가의 칭찬조차 기분을 나아지게 하지 못할 수 있고, 반대로 기분이 좋을 때는 누군가의 비난도 크게 신경 쓰이지 않을 수 있다는 것입니다. 즉, 내 기분에 따라 하루가 좌지우지된다는 것이죠. 예를 들어, 쉬운 일을 어렵게 생각하면 작은 일이 거대한 산처럼 보일 수 있고, 큰 일을 대수롭지 않게 생각하면 거대한 일이 작은 돌멩이처럼 느껴질 수 있습니다.

이처럼 삶이 힘들 때 원인을 외부에서 찾기보다는 자신에게서 찾아보는 것이 중요합니다. 모든 일은 누군가의 도움이나 우연으로 시작된다고 생각할 수 있지만, 실질적으로는 나로부터 드러나고 시작되기 때문입니다. 어떤 어려움이 있을 때 남 탓, 운 탓, 상황 탓으로 돌리고 있지는 않았는지 돌아보세요. 지나고 보니 사실 그리 어렵지 않았던 일도 있었을 것이고, 힘들지 않았던 일도 있었을 겁니다. 시간이 지나서 과거의 일을 되돌아보면 별것 아닌 일에 꽤 애를 먹었던 것을 느낄 때가 있습니다. 이는 과도한 생각 때문에 두려워하거나 어렵게 느꼈던 것일 수 있습니다.

결국, 다른 사람이나 상황을 탓하는 것은 자신의 성장에 도움이 되지 않습니다. 일이 어렵고 힘들게만 느껴진다면, 자신의 마음을 다잡고 다시 생각해 볼 필요가 있습니다. 반대로, 일이 술술 풀릴 때는 들뜬 마음에 괜한 실수를 하지 않기 위해 마음을 다잡아야겠죠. 모든 것은 나로부터 시작되니, 결국 자신을 돌아보고 성장하는 것이 중요합니다. 매일매일의 작은 성찰이 결국 큰 변화를 불러오며, 나 자신을 더 나은 방향으로 이끌어 줄 것입니다. 문제는 항상 멀리 있는 것이 아닌 가까이에 있습니다.

• Today's Quote

너무 힘들 때 극복하는 방법
사는 게 뭣같이 힘들 땐, '경험치 3배 미션 수행 중인가?'라고 생각하며 부딪히기. 성장의 순간이니까.

이왕이면 행복하게

가끔은 그저 존재만으로도 사람들에게 힘을 주고, 밝은 미소가 닮고 싶어지는 사람들이 있습니다. 그들을 보고 있으면, 어떤 행복한 삶을 살아왔는지, 오늘은 또 얼마나 재미있는 일들로 가득했을지 궁금해지죠. 매일 밝은 에너지로 하루를 시작하는 그 모습은 자신감일까, 타고난 인품일까 싶으면서도, 과연 걱정이 없을까 의문이 들기도 합니다. 이런 사람들에게서 배울 점은 많습니다. 남의 시선 따위 신경 쓰지 않는 해맑은 미소, 굶어 죽지 않을 것 같은 자신감, 조용한 사람들까지 감동시키는 세심한 배려. 그들의 말 한마디 한마디에는 이유가 담겨 있고, 깊은 생각이 느껴집니다. 그래서 많은 사람들이 그들을 좋아하고, 따라 하고 싶어 하죠.

이들이 어떻게 행복한 삶을 사는지 궁금하다면 가까이에서 관찰해 보세요. 그들과 함께 맛있는 음식을 나누고, 재미있는 농담을 하며, 그들의 일상을 즐기다 보면 어느 순간 문득 거울 속에서 당신의 얼굴에도 닮고 싶어 했던 행복한 미소를 발견하게 될 겁니다. 중요한 건 어디에 있느냐가 아니라, 누구와 함께 있느냐입니다.

삶이 자꾸 꼬이거나 힘들게만 느껴진다면, 주변 사람들을 한 번 돌아보세요. 부정적인 말로 당신을 무기력하게 만드는 사람은 없는지, 혹은 당신의 도전을 주눅 들게 하는 사람은 없는지 살펴보세요. 인생은 한 번뿐입니다. 후퇴하는 삶보다는 긍정적이고 성장하는 행복한 삶을 선택하세요. 활짝 웃는 얼굴에 생긴 주름 따위는 아무 상관없을 만큼요. 낯섦에 움츠리기보다 당당함을, 어색함에 도망가기보다는 그 순간을 즐기는 선택을 하세요. 이왕이면 최선을 다해서 좋은 사람들과 행복하게 살아가 보세요.

- *Today's Quote*

< 내뱉기만 해도 행복이 따라오는 말투 >

1) 오늘은 얼마나 행복해지려고 이러나.

2) 괜찮아, 다 잘될 거야.

3) 오늘따라 좋은 일이 생길 거 같아.

4) 이렇게 기쁜 날이라니.

5) 좋아, 계획대로 되고 있어.

6) 널 만난 건 내 인생 최대의 행운이야.

7) 기분이 좋은 건 내가 귀여운 탓이야.

왜 당신의 행복을 남에게서 찾는가

혼자 잘 지낼 줄 알아야 빠르게 성장한다

혼자서 자신만의 시간을 잘 보낼 줄 아는 사람은 친구들과 있을 때도 귀찮아하지 않고, 혼자 있을 때도 외로워하지 않습니다. 반면에, 항상 누군가의 도움에 의존해 살아온 사람은 그들이 떠났을 때 심각한 외로움과 허전함을 느끼게 됩니다. 결국 그 빈자리를 채우기 위해 무의미한 인간관계를 맺으며 살아가게 되죠. 하지만 그런 관계에서도 잘 지내는 것은 아닙니다. 새로운 사람들과 어울리게 되었을 때도, 대상만 바뀌었을 뿐 혼자서 무언가를 해보지 못한 사람은 그들에게 똑같은 도움과 관심을 요구하게 되고, 결국 그 관계는 쉽게 틀어지게 됩니다.

스스로 생각하고 시도해 보지 못한 사람은 쉽게 변화하지 못합니다. 몸은 성장했지만, 사고방식과 행동은 여전히 어린아이와 같기 때문입니다. 혼자서 인생을 헤쳐 나갈 수 있어야 비로소 '나다운' 삶을 살 수 있으며, 외로움에도 시달리지 않게 됩니다. 나다운 삶을 사는 사람은 좋아하는 음식을 혼자 만들어 먹는 행복감, 보고 싶은 영화를 혼자 보러 가는 용기, 입고 싶은 옷을 혼자 사러 가는 추진력을 갖고 있습니다. 이는 소소해 보일 수 있지만, 자신의 인생을 즐길 줄 아는 사람만이 할 수 있는 행동입니다.

타인의 시선과 말에 휘둘려 자신이 하고 싶은 일을 하지 못하고, 누군가가 대신 선택해 주기만을 기다린다면, 결국 타인의 삶을 살아가는 것과 다름없습니다. 만약 혼자 있을 때 무엇을 할지 몰라서 친구를 만나고 약속을 잡는다면, '나와 잘 지내는' 연습을 해보세요. 자신이 내 인생의 주인이 되어야만 삶의 의미를 찾고 성장할 수 있습니다.

자신을 믿는 사람은 타인을 설득하려 하지 않습니다. 이미 자기 자신에게 만족하고 있기 때문에 다른 사람의 인정이 필요 없죠. 자신이 어떤 영화를 좋아하는지, 무슨 색깔을 좋아하는지, 왜 그것을 좋아하는지에 대해 깊은 대화를 나누며 성장해 보세요. 그렇게 자신만의 세상을 만들어가는 것입니다.

"인간은 진정한 고독 속에서 자신을 발견하게 된다.

고독을 소중히 여기지 않는다면,

자유의 진정한 가치도 알 수 없을 것이다."

-아르투어 쇼펜하우어-

남의 말을 들을 때와 듣지 말아야 할 때

누군가의 의견을 듣는 일은 정말 중요합니다. 나의 잘못된 부분을 자각하게 해주고, 부족한 부분을 채울 수 있게 해주기 때문이죠. 타인의 조언을 듣지 않고 산다는 것은 눈감고 낭떠러지로 달려가는 것과 같습니다. 듣고 수용하여 더 나아져야 합니다. 하지만 누군가의 말을 듣고 후회할 때가 있는 것처럼, 꼭 타인의 말을 들어야만 하는 건 아닙니다. 내 인생을 책임져주지도, 도와줄 것도 아니면서 내 삶을 평가하는 사람들의 말은 무시하는 것이 좋습니다. 특히, "나중에 후회할 거야" 또는 "안 될 것 같은데" 같은 말은 나의 판단을 흐리게 하고, 냉철한 선택을 방해할 수 있습니다. 이런 의견은 실제로 걱정이 아닌, 자신이 시도조차 하지 않은 일을 핑계로 삼는 경우가 많습니다. 그들은 보통 나의 계획이나 상황을 제대로 이해하지 않고 단순히 자신의 편견에 따라 말하죠. 진정으로 성공한 사람들은 쉽게 "안 될 것"이라고 단언하지 않습니다. 오히려 그들은 경험을 바탕으로 어떻게 계획을 세워야

왜 당신의 행복을 남에게서 찾는가

하는지 조언해 줍니다. 당신에게 스스로 무언가를 쟁취해 본 적도 없는 사람이 "내가 봤을 때는 안돼"라고 훈수를 둔다면, "그래서 네가 그렇구나"라고 생각하면서 그들의 말을 흘려보내세요. 결국 선택은 스스로 하는 것입니다. 이들의 말을 들었다가 나중에 탓할 수도 없으니, 항상 들어야 할 말과 듣지 말아야 할 말을 잘 구분하시길 바랍니다.

• *Today's Quote*

> 세상이 호락호락하지 않지만,
> 나 또한 호락호락하지 않다.
> 해보지 않고서는,
> 내가 무엇을 해낼 수 있을지 아무도 알 수 없다.

상처가 행운이 될 때

클로버는 원래 세 잎만 있다고 합니다. 그러나 상처를 입으면 그곳에 새로운 잎이 나와 네 잎 클로버가 된다고 하죠. 우리는 이를 행운의 네 잎 클로버라고 부릅니다. 우리의 인생도 클로버와 크게 다르지 않습니다. 실패와 상처, 소중한 사람의 이별 등 여러 어려움을 겪지만, 그 덕분에 새로운 기회와 사람들을 만나면서 어제보다 나은 내일을 만들어가고 있으니까요. 어쩌면 우리가 행운을 단순한 사건으로만 생각해 왔던 걸지도 모릅니다. 새로운 기회를 얻었던 순간과 새로운 사람을 만날 수 있었던 경험은 우리에게 크나큰 행운이 찾아온 것일지도요. 되짚어보면 우리가 상처를 잊고 살아갈 수 있었던 건, 또 다른 행운의 사건들이 인생에 늘 가득했기 때문입니다. 상처를 상처로만 보지 말고, 또 다른 일을 부르는 행운의 사건으로 바라보세요.

그렇다고 좋은 일만 생기는 것은 아닐 겁니다. 힘든 순간이 닥쳐오면, 이를 행운을 얻기 위한 과정이라고 생각해 보세요. 아무리 힘든 일이 생겨도 내가 행운이라고 생각하면 그 고난은 행운을 위한 과정이 되고, 행복이라고 생각하면 그것은 행복한 일이 되기 위한 과정이 됩니다. 아마추어가 프로에게 져도 실망하지 않듯, 결과를 아는 사람은 그것에 좌절하지 않습니다. 당신에게도 결국 행복한 일이 생길 것이니 지나가는 고통에 너무 아파하지 마세요. 인생은 어떻게 사느냐보다 어떻게 바라보느냐에 따라 삶의 방향이 정해집니다. 당신의 인생을 행운의 잎으로 바라보면 그 인생은 분명 행운의 잎이 될 것입니다. 그렇다고 꼭 네 잎 클로버처럼 행운이 아니어도 됩니다. 세 잎 클로버의 의미도 '행복'이니, 지금 그대로도 만족스럽다면 당신의 인생은 행복하게 살고 있는 것입니다. 자신만의 행복의 의미를 채워가며 살아가면 됩니다. 상처가 행운이 될 수 있으니, 이제부터는 힘든 일이 생길 때마다 "얼마나 나에게 더 좋은 일이 생기려고 이러나"라고 생각하세요. 당신에게 행운도 행복도 가득할 테니까요.

• *Today's Quote*

어떤 사람은 행운이 와도, 행운이라고 생각하지 않습니다.
보고싶은 것만 보고, 믿고 싶은 것만 믿는 사람들이 그렇습니다.

바꾸고 싶다면 한 곳에서만 나오면 된다

인생을 바꾸고 싶다면 딱 한 곳에서만 벗어나면 됩니다. 당신을 나쁜 것들로 유혹하는 환경도 아니고, 당신을 깎아내리는 사람들이 가득한 곳도 아닙니다. 그건 바로 '자신의 틀'입니다. 자신의 틀에서 나오기는 정말 쉽지 않습니다. 그렇지 않은 나를 그런 사람인 척해야 하니 행동하기까지의 과정이 너무 귀찮고 고통스럽기 때문이죠. 그러나 무언가를 해낸 사람들은 이 틀을 깨고 나온 사람들입니다. 그들에게 원래 이렇게 긍정적이고 활발한 성격이냐고 물어보면 '원래는 그렇지 않았다'고 말합니다. 일이 있을 때, 그들은 소심한 성격을 뒤로하고 먼저 상대에게 다가가며, 말은 못해도 누구보다 당당하게 행동합니다.

대부분 해내지 못하는 사람들은 '이게 나야'라고 말하며 자신의 틀에 갇혀 아무것도 하지 못합니다. 하지만 해내는 사람들은 '원래 그래'라는 제안된 말보다는 "이게 나지만 해볼게"라는 단호한 말로

왜 당신의 행복을 남에게서 찾는가

자신의 틀을 깨는 것이죠. 천 번이고 백 번이고 늘 생각만 하고 초조해하는 것보단, 일단 한 번이라도 행동하는 것이 중요합니다. 그러기 위해서는 자신이 정해둔 '나'라는 틀을 깨트려야 합니다.

만약 당신이 더 나은 삶을 살고 싶다면 자신의 '틀'을 깨고 일단 해보세요. 그러다 보면 생각보다 자신의 '틀'이 비좁고 발전적이지 못하다는 것을 알게 될 겁니다. 그리고 자신이 성장하지 못했던 이유는 바로 '자기 생각' 때문이라는 사실도 깨닫게 될 것입니다. 대부분 발전하지 못하는 사람들은 외부적인 요소에 의해 자신이 성장하지 못했다고 핑계를 댑니다. 행동하는 것보다 그렇게 생각하는 게 더 편하니까요. 결국, 그건 자기합리화일 뿐입니다. 모든 것에 대한 결정권은 자신에게 있습니다. 누군가의 속삭임이 있을지라도 실제로 결정하는 건 본인 몫이니까요. '나'라는 멋, 행동, 말투, 자신감 등 틀에 가둬둔 나를 깨고 나왔을 때 더 나은 삶을 살 수 있습니다. 한 번쯤은 문제를 자신에게서 찾아보는 것도 현명한 선택입니다.

• *Today's Quote*

내 말의 한계는 내 인생의 한계를 의미한다.

누군가 나를 오해하고 있다면 그냥 두자

누군가가 나를 단단히 오해하고 있다면, 굳이 그 오해를 바로 잡으려 하지 마세요. 내가 어떤 말을 하고 어떤 행동을 하든 믿을 사람은 믿고, 믿지 않을 사람은 믿지 않기 때문입니다. 사람은 각자의 환경, 사고방식, 그리고 관점에 따라 세상을 바라보기에, 누군가를 완전히 이해하는 것은 사실상 불가능합니다. 우리는 각자의 경험을 바탕으로 공감할 뿐이지, 그 감정을 그대로 받아들이는 것은 어렵습니다. 어쩌면 공감하는 것조차 과장되거나 축소된 형태로 받아들였을 수도 있습니다.

더 중요한 것은 상대방이 나를 어떻게 생각하느냐입니다. 만약 나를 긍정적으로 생각하고 있다면, 가벼운 미소에도 그 오해는 자연스럽게 풀리게 될 것입니다. 반면, 상대방이 나를 부정적으로 보고 있다면, 오해를 풀기 위해 많은 증거를 제시해도 오히려 상황이 악화될 수 있습니다. 타인의 생각과 감정을 변화시키는 것은

왜 당신의 행복을 남에게서 찾는가

쉽지 않기에, 이는 또 하나의 미지의 세계임을 명심해야 합니다.

타인을 어떻게 해서든 설득하려고 하기보다는, 한 번 말했을 때 듣지 않는다면 그대로 두고, 지금 나를 믿고 함께하는 사람들에게 집중하세요. 오해라면 그 자체로 당신이 잘못한 것이 없습니다. "사람들이 나를 어떻게 생각할까?"라는 걱정에 안절부절못하지 말고, 늘 그랬듯 자연스럽게 행동하세요. 당신을 믿는 사람은 평범한 당신의 태도에 당황해 사실 여부를 물을 것이고, 믿지 않는 사람들은 들으려 하지도 않고 알려고 하지도 않을 겁니다. 그들은 뭘 하든 아니꼽게 바라볼 뿐입니다.

누군가 오해를 하고 있다면 그런 사람이 아니라는 것을 보여주려고 힘을 낭비하지 마세요. 다재다능한 연예인들도 악플 없는 사람은 없습니다. 평범한 당신을 세상 사람들이 모두 좋아하고 믿을 수는 없죠. 그러니 당신의 가치를 있는 그대로 보고 함께주는 사람들과의 관계를 소중히 여기고, 그들에게 더 애쓰세요. 당신이 더 두려워해야 할 것은, 그런 오해로 인해 나를 믿고 함께해주는 이들에게 화를 내거나 실망감을 주는 것입니다. 그들에게 이쁜 감정과 행복한 미소를 보여주세요. 이것이 나를 믿고 함께준 사람들을 소중히 여기는 방법이며, 그에 대한 진정한 보답입니다.

처음부터 나에 대해
믿음이 없는 사람을 위해
시간 낭비하지 말자.

왜 당신의 행복을 남에게서 찾는가

실력보다는 믿음

호박벌이 날 수 없다는 사실, 알고 계셨나요? 호박벌은 작고 가벼운 날개와 크고 뚱뚱한 몸체를 가지고 있어 '공기역학적 이론상' 날 수 없는 신체라고 합니다. 그럼에도 불구하고, 호박벌은 하루 200km를 날아다닌다고 하죠. 이러한 비결은 약 130도 방향으로 초당 230회 날갯짓을 하여 작은 소용돌이를 만들어내고, 그 힘으로 날아가는 것이라고 합니다. 이 모든 것이 가능한 이유는 호박벌이 "난 벌이기 때문에 하늘을 자유자재로 날 수 있을 거야!"라고 당연하게 생각했기 때문이라고 과학자들은 말합니다. 날 수 없다고 생각하지 않고 수만 번의 날갯짓을 하다가 결국 날아오르는 법을 터득한 것이죠.

우리도 무언가를 해내기 위해서는 호박벌의 마인드가 정말 중요합니다. 처음부터 "이걸 할 수 있을까?" 혹은 "가능할까?"라고 고민하기보다는, 하기로 마음먹었다면 "난 이미 할 수 있어"라고 믿어야 합니다. 즉, 그것이 이뤄질 것을 당연하게 여기는 것이죠. 불가능을 가능하게 만드는 것은 실력이 아니라 믿음입니다. 만약 못한다고 생각하면 정말 못하게 되고, 할 수 있다고 믿으면 할 수 있게 됩니다.

무언가를 하고자 할 때는 할 수 있다고 믿고, 자신이 이루고자 하는 목표와 계획을 세워야 합니다. 어떤 힘든 일이 생기더라도, 이를 당연히 목표를 위한 수많은 날갯짓으로 생각하며 이겨내면 되는 것이죠. 작은 호박벌이 해내듯, 우리도 안 될 것보다는 될 것을 보고 그것을 믿고 나아가야 합니다. "안 될 것 같지만 해보자"는 태도와 "될 거니까 해보자"는 태도는 확연히 다른 결과를 만들어냅니다. 목표가 꼭 정확해야 하는 것은 아닙니다. 결국 그 목표를 이룰 것이라는 믿음 하나만 있으면, 당신은 분명히 그 목표를 이룰 수 있는 사람입니다.

• *Today's Quote*

자신의 한계를 스스로 정하지 마.
넌 무엇이든 해낼 수 있는 사람이니까.

장담컨대, 당신은 분명 행복해집니다

아침에 눈을 뜨면 이상하리만큼 개운했으면 좋겠습니다. 아프지 말고 몸과 마음이 항상 건강했으면 좋겠습니다. 어쩌다 본 글이 마음에 위로를 주면 좋겠고, 무심코 바라본 하늘에 몽글몽글한 구름이 인사해 주면 좋겠습니다. 하루 동안 듣는 모든 말들이 한 송이 꽃처럼 아름다워서 마음속에 따뜻한 기운을 가득 채우면 좋겠고, 밥을 먹을 때는 좋아하는 음식들이 가득했으면 좋겠습니다. 샤워하고 뽀송뽀송한 침대에 누웠으면 좋겠고, 비 오는 날 빗소리를 들으면 커피를 마시는 여유를 즐기면 좋겠습니다. 잠들기 전에는 여태까지 괴롭혔던 수많은 생각들이 떠오르지 않았으면 좋겠고, 꿈속에서는 그토록 사랑하던 사람이 나타나면 좋겠습니다. 그 꿈이 현실에서도 이뤄지면 좋겠고, 미래를 생각할 때 불안보다 기대감으로 가득했으면 좋겠습니다. 힘든 일이라도 그것이 더 씩씩하게 만들어 주면 좋겠습니다. 장담컨대, 이 글을 읽은 당신의 머릿속은 분명 행복으로 가득 차 있을 겁니다. 당신은 이미 행복한 것들을 상상하고 있었을 테니까요. 행복은 멀리 있지 않습니다. 당신이 행복하다고 생각하면, 지금 행복한 겁니다.

● *Today's Quote*

어리석은 사람은 멀리서 행복을 찾고
현명한 사람은 가까이서 행복을 찾는다.

왜 당신의 행복을 남에게서 찾는가

은방울꽃

꽃말 : 당신은 틀림없이 행복해집니다.

이 책이 울림이 있었다면,

여러분에게 더없이 소중하고 행복했으면 하는 사람들에게도

선물해주세요.

왜 당신의 행복을 남에게서 찾는가

ⓒ저자 이근오

1쇄 인쇄 일자 | 2024년 10월 25일
6쇄 발행 일자 | 2025년 01월 9일

지은이 | 이근오
그　림 | 해화
편집인 | 김진호
디자인 | 김다현
출판마케팅 | 든해
펴낸곳 | 든해
I S B N | 979-11-987748-8-0(03810)
이메일 | emsgo2024@gmail.com